루쉰을 읽다

세계문학을 읽다 3

루쉰을 읽다

김지운 지음

LU XUN

머리말

어린 시절, 집안 사정이 썩 여유롭지 않았기에 책을 사겠다며 돈을 달라 내미는 손이 무안했던 적이 많았다. 책을 읽겠다는 아들의 기특한 청을 거절할 수밖에 없었던 어머니는 어색하다 느껴질 만큼 큰 목소리로 교과서나 열심히 공부하라며 면박을 주시곤 했다. 집안 돌아가는 사정을 조금이나마 이해하게 된 이후로는 책을 사겠다는 말을 감히 꺼내기 어렵게 되었고, 그 대신 도서관에서 책을 빌려 읽기 시작했다. 시립도서관은 꽤 먼 거리에 있었지만, 그 당시 신기하게도 집 근처까지 오던 이동도서관이 있어 토요일마다 책을 빌릴 수 있었다.

학업이 주는 스트레스로 인해 책을 빌려 읽는 일에 시간을 내기 힘들어질 때쯤, 나는 받은 용돈을 한두 푼씩 모아 버스를 여덟 번 안 타면 살 수 있는 문고판 책을 한 권씩 사기 시작했다. 〈삼중당 문고〉의 작가 장정일만큼 열정적인 것은 아니었지만, 싼값에 동서고금의 명저들을 읽을 수 있게 해주었던 문고판 책들은 당시 나의 지적 열망을 부족하게나마 채워준 가성비 좋은 해결책이 되었다.

그때 모았던 책들을 떠올려 보면 근본도, 계통도 없는 책들이 많았는데, 그중에서 가장 특이했던 것이 루쉰의 《아Q정전》이었다.

이제 와 아무리 생각을 해봐도 그때 그 책을 왜 샀는지 알 수가 없다. 아마도 1980년대 후반부터 밀어닥친 민주화 물결로 인해 그동안 '죽(竹)의 장막' 너머 신기루 같던 루쉰에 대한 관심이 높아졌고, 그 바람에 여러 출판사의 문고판 세계 명작선 한 귀퉁이를 루쉰이 차지할 수 있었던 게 아닐까 하고 막연히 추측한다.

어쨌거나 루쉰이 누구인지, 그의 소설이 어떤 역사적 맥락에 놓여 있는지 아무런 배경지식이 없었던 그때의 소년에게 《아Q정전》은 이상하고, 기괴하며, 기분 나쁜 책에 불과했다. 그도 그럴 것이 〈아Q정전〉, 〈광인일기〉, 〈쿵이지〉처럼 희한한 제목들로 수놓아진 루쉰의 소설집은 난해한 첫인상만큼이나 내용 또한 쉽게 이해하기 힘들었다. 그 부담스러운 그로테스크함은 둘째 치더라도, '중공'에서 막 '중국'이라는 명칭으로 불리기 시작한 가깝고도 먼 나라의 근세사에 대해 역사적 이해가 전혀 없었으니, 등장인물들의 말과 행동에 담긴 숨은 의미 또한 알 길이 없었다.

그렇게 기억 속에 묻어두었던 루쉰의 작품들을 본격적으로 다시 읽게 된 것은 외국어고등학교의 국어 선생이 되고 난 뒤의 일이었다. 근무하고 있는 학교의 특성상 방과 후에 세계문학을 주제로

한 수업을 진행했는데, 그때 중국어권 문학을 다루면서 루쉰의 소설들을 골랐기 때문이다. 중국의 작가들 중 가장 유명하고, 이해는 부족했지만 어린 시절 한 번 읽어보긴 했으니 나름 익숙하기도 했고, 길이도 짧은 편이라 방학 때 읽기에 안성맞춤이라고 생각했다.

나이를 먹고 교사의 자리에서 루쉰이라는 사람과 그가 살았던 시대를 탐색하다 보니, 그의 글에서 과거보다는 뭔가 더 복잡한 감정들을 느끼게 되었다. 특히 사소한 일에만 흥분하는 나의 오래된 옹졸함과는 달리 언제나 혁명의 정점에 서려 노력하며 시간이 지날수록 더욱 날카로워지는 루쉰의 필치를 따라가면서, 중국인들을 향한 그의 뜨거운 열정, 사회적 모순을 파헤치는 날카로움, 새로운 세상을 막아서는 적들을 향한 냉정함, 사회의 밑바닥으로 밀려난 이들에 대한 안타까움 등의 복잡한 감정이 글에서 새록새록 배어 나오는 것을 확인할 수 있었다.

이렇게 곱씹을수록 더 진하게 우러나는 그의 날카로운 지성과 열정에 감복하던 그때, 열여섯 즈음의 내가 경험하지 못했던 지금의 이 깨달음을 루쉰의 세계에 막 들어서는 사람들에게 전하고 싶다는 조그만 열망이 생겨났다. 그래서 전공자도 아니고 중국어에

능통한 것도 아니지만, 혼신의 힘을 다해 코끼리의 온몸을 꼼꼼히 탐색하는 맹인이 된 심정으로 이 책을 펴내게 되었다. 일천한 지식이 그대로 드러난 것이 아닐까 걱정스럽지만, 나름대로 루쉰을 만나려는 사람들에게 조그만 도움이라도 되었으면 좋겠다.

이 책을 쓰는 도중, 아들에게 책 한 권 시원하게 사주지 못해 항상 미안해하셨던 어머니께서 무거운 이승의 짐을 놓고 먼 곳으로 떠나셨다. 이 책을 제일 먼저 어머니의 영전에, 감사의 마음을 담아 바치려 한다. 그리고 함께 마음고생을 겪었던 아내와 고양이 봉남매에게도 고마운 마음을 전해야겠다. 특히 함께 루쉰을 읽었던, 지금은 대학생 혹은 사회인이 된 '그때 그 학생들'에게도 특별한 고마움을 전한다. 마지막으로 여러 가지 개인 사정으로 인해 차일피일 미루어진 출판 일정을 잘 기다려주신 편집자분들께도 죄송함과 감사함의 마음을 거듭 전한다.

차례

Ø1

루쉰의 삶과 작품 세계

1. 루쉰의 어린 시절 - 슬프고도 아련한 추억

루쉰은 1881년 중국 저장성 샤오싱에서 대대로 벼슬을 하던 명문 저우씨 집안의 장손으로 태어났다. 원래 이름은 저우수런이며, 어린 시절의 이름은 장셔우였다. '루쉰'이라는 이름은 나중에 글을 쓰게 되면서 필명을 정할 때 어머니 루뢰이의 성을 따서 만든 것이다. 과거 시험을 보기 위해 어린 시절부터 서당에서 중국 고전 경서들을 공부해야 했던 장셔우, 즉 어린 루쉰은 따분한 경서 대신에 중국 전래 이야기들이 담겨 있는 《산해경(山海經)》의 기기묘묘한 세계에 빠져들기도 하고, 다른 아이들과 함께 이런저런 장난도 치면서 평범하고도 아름다운 유년기를 보냈다. 나중에 〈고향〉이라는 작품에서 인상적으로 등장하는 '룬투'의 모델이었던 윈쉐이와 애틋한 우정을 나눈 것도 이때였다.

부잣집 도련님으로 살며 아무 걱정 없이 행복한 나날을 보내던 어느 날, 어린 루쉰에게 커다란 위기가 찾아온다. 할아버지인 저우푸칭이 과거 시험에서 비리를 저지르면서 집안이 순식간에 몰락했기 때문이다. 저우푸칭은 당시의 관행대로 관리에게 뇌물을 주고 벼슬을 사려 했는데, 그 사실이 우연히 발각되면서 합격이 취소됨과 동시에 엄한 처벌을 받게 되었다. 그 결과 집안은 몰락의 길을 걷게 되었고, 어린 루쉰은 큰외삼촌 집에 맡겨지는 신세가 된다. 그야말로 '도련님'에서 하루아침에 '밥 빌어먹는 아이' 신세로 전락하고 만 것이다.

할아버지의 구명을 위해 루쉰의 아버지 저우펑이는 결국 집안의 전답과 재산을 팔아넘길 수밖에 없었다. 게다가 연좌제로 인해 기존의 신분조차도 유지할 수 없는 심각한 상황까지 내몰린다. 절망적인 상황에 부딪힌 저우펑이는 삶의 의지를 잃은 채 술에 의지해 살아갔고, 그 결과 건강이 점점 악화되면서 결국 병으로 쓰러지게 되었다. 그러다 보니 그나마 남아 있던 재산마저도 치료를 위해 거의 다 탕진하고, 쓰러진 아버지를 대신해 고작 십여 세였던 어린 루쉰이 집안일을 도맡게 된다. 이때부터 루쉰은 사회의 냉혹함을 몸소 경험한다.

특히 이때 아버지를 치료하기 위해 집에 드나들었던 한의사들의 치료법을 보면서 루쉰은 전통 의학에 큰 실망감을 느꼈다. '찢어진 북의 가죽', '정절을 지킨 귀뚜라미 한 쌍'과 같은, 지금 생각하면 정말 터무니없는 한의사들의 처방약을 구하기 위해 갖은 고생을 겪었지만, 당연하게도 아버지의 병을 치료하는 데는 별다른 도움이 되지 않았기 때문이다. 그렇게 점점 병이 악화되던 아버지 저우펑이는 결국 비참한 죽음을 맞이했다. 나중에 루쉰이 일본에서 근대 의학을 전공하게 된 것도 이런 비극적인 경험과 무관하지 않은 것으로 보인다.

루쉰이 이렇게 어려운 청소년기를 보내던 당시, 중국은 커다란 변화에 직면하고 있었다. 1894년 청일전쟁 패배 이후 중국 사회는 과거의 미몽에서 깨어나 근대화라는 세계적 흐름에 동참하지 않으면 도태될지도 모른다는 불안감에 사로잡히기 시작했다. 제국주의 침략이 한창이던 이 시기에 뜻있는 청년들은 중국의 운명을 개척하고자 하는 사명감에 불타고 있었다. 집안 사정으로 인해 과거 시험이라는 전통적인 방식으로는 출세하기 어려웠던 루쉰 또한 이런 시대적 변화에 민감하게 반응할 수밖에 없었다. 고민 끝에 루쉰은 해군을 양성하는 서양식 학당인 수사학당(水師學堂)에 입학하기로 마음먹고 난징으로 떠나게 된다. 그곳에서 그는 새로운 학문을 만날 기대에 한껏 부풀었지만, 막상 진학하여 마주한 학교의 상황은 처참하기 이를 데 없었다. 이에 크게 실망한 루쉰은 다른 길을 찾기로 마음을 먹었는데, 바로 '광업철도학당'에 진학하는 것이었다.

광업철도학당은 광산업에 종사하는 기술자를 배출하는 학교로서, 수사학당보다는 비교적 체계를 갖추어 근대 학문을 가르치는 학교였다. 루쉰은 이 학교에서 과학, 수학, 지리, 의학과 같은 근대 학문의 기초를 어느 정도 배우게 된다. 특히 이때 옌푸의 《천연론(天演論)》이라는 책을 접하게 되는데, 토마스 헉슬리의 《진화와 윤리》를 번역한 이 책은 당시 시대를 풍미하고 있던 '사회진화론'의 기본적인 개념을 구체적으로 소개하고 있었다. 루쉰은 이 책을 통해 근대화에 뒤떨어진 중국이 커다란 위기에 직면하고 있음을 절실하게 느꼈고, 이러한 민족적 위기를 극복하기 위한 방법이 무엇인지에 대해 고민하기 시작했다. 그래서 총독의 추천으로 일본 유학생을 선발하는 기회가 생겼을 때, 캉유웨이의 변법자강운동이나 의화단의 봉기 모두 실패로 돌아간 암울한 정치 상황에 실망한 루쉰은 선진 문물을 좀 더 적극적으로 받아들이기 위해 일본 유학길에 오른다.

2. 루쉰의 일본 유학 - 새로운 길에 들어서다

메이지유신이라는 결정적인 계기를 통해 경제력과 군사력에서 비약적인 성장을 이룬 일본은 당시 아시아 근대화의 모델이라고 해도 과언이 아닐 정도로 거침없이 발전하고 있었다. 그 한가운데 선 루쉰은 일본의 선진 문물을 받아들임과 동시에 중국 사회를 위기로 몰아가고 있는 청나라 정부에 대한 비판 의식을 점점 키워나갔다. 중국 유학생들을 위해 설립한 학교인 고분학원의 학생으로 입학한 루쉰은 유학생들과 함께 공부하고 교류하면서 새로운 사상에 눈을 뜨게 되었고, 시대적 모순에 당차게 맞서는 '학생 전사'로서 다시 태어난다. 특히 중국인 유학생들은 동아시아의 선진국이라는 자부심으로 가득했던 일본인들의 부당한 처우에 맞서 동맹휴업 등의 방식을 통해 적극적으로 저항 의지를 표출하기도 했는데, 이 과정에서 루쉰은 쉬셔우상과 같은 비슷한 처지의 유학생들을 만나면서 중국인의 미래에 대해 더 깊이 고민할 기회를 얻게 되었다.

이 당시 루쉰의 삶에서 가장 충격적인 사건은 변발을 잘라버린 것이다. 청나라, 즉 만주족의 지배를 상징했던 변발을 자른다는 것은 만주족의 지배에서 벗어나겠다는 의지와 함께 근대화의 대열에 앞장서겠다는 결심을 보여주는 상징적인 사건이라고 볼 수 있었다. 당시 루쉰은 장타이옌, 차이위엔페이 등의 혁명파들과 교류했는데, 그때부터 전제군주제를 종식시키고 공화국을 건설할 것을 주장하는 혁명파들의 사상에 더욱 공감하게 된다. 또한 루쉰은 새로운 학문을 받아들이기 위해 다양한 분야의 책을 두루 섭렵하고, 읽은 책들을 중국에 소개하기 위해 중국어로 번역하는 활동을 지속했다. 특히 자연과학에 대한 관심이 인상적인데, 〈중국광산지(中國鑛產志)〉, 〈라듐에 대하여〉 등의 글을 발표한 것도 이 시기의 일이다. 과학에 관련된 논문을 쓰면서 동시에 쥘 베른의 공상과학

소설인 《달세계 여행》, 《땅속 여행》 번역을 병행할 정도로 루쉰은 과학 분야에 깊은 관심을 보였다.

폭넓은 학문적 탐색 속에서 고분학원을 졸업한 뒤, 루쉰은 동경제국대학 광업과라는 정해진 길을 버리고 과감하게 의학 학교 지원을 결심한다. 일본 메이지유신의 시작이 의학이었다는 생각을 바탕으로, 근대 의학을 통해 중국의 미신적 사상을 깨뜨리고 나아가 근대 과학에 대한 믿음을 증진할 수 있으리라는 확신에서 나온 선택이었다. 물론 여기에는 무기력하게 돌아가신 아버지에 대한 정신적 부채 의식도 한몫한 것으로 보인다. 그렇게 루쉰은 센다이 의학 전문학교로 진학하게 되는데, 이 선택은 결과적으로 그리 행복한 것은 아니었다. 이 학교에 재학하던 당시 루쉰은 몇 가지 충격적인 사건을 경험하게 되기 때문이다.

첫 번째는 도쿄 유학생들의 강력한 투쟁을 권고하던 유학생 천티엔화의 자살 사건이었다. 조국의 현실을 변혁하기 위해 귀국을 촉구했던 그의 죽음은 루쉰의 마음을 크게 흔들었다. 이때 함께 귀국을 독려했던 여성 혁명가 츄진 또한 귀국 후 중국에서 비극적인 죽음을 맞이하는데, 이 츄진은 나중에 루쉰의 소설 〈약〉에 '샤위'로 등장한다. 두 번째 사건은 루쉰의 단편소설집 《외침》의 서문에 나와 유명해진 사건이다. 그것은 의학 전문학교 시청각 교육 시간에 일본 학생들이 일본군에게 처형당하는 중국인들의 모습이 담긴 환등기 영상을 보면서 박수를 치고 만세를 부른 사건이었다.

루쉰은 이로 인해 깊은 마음의 상처를 입게 되는데, 거기에 친하게 지내던 후지노 선생의 비호로 좋은 성적을 받았다는 일본 학생들의 모함까지 더해지면서 결국 의학의 길을 포기한다. 이 사건들을 통해 인간의 육체를 개조하는 것보다 정신을 개조하는 것이 더 시급한 문제라고 생각했기 때문이다. 이를 위해 택한 방법이 바로 '문학'이라는 험난한 길이었다. 하지만 새롭게 선택한 길로 힘차게 나서는 루쉰의 앞에는 생각지도 않은 인생의 난제가 기다리고 있었다.

3. 루쉰의 가정사 - 안타까움과 서글픔

루쉰이 일본에서 유학할 때, 일종의 오해로 인해 그가 일본 여자와 결혼했다는 헛소문이 동향의 유학생을 통해 고향까지 퍼지게 된다. 이때 루쉰의 집안에서는 그의 혼처를 이미 정해놓았었는데, 이 소문을 들은 루쉰의 어머니가 아들에게 다른 여자가 먼저 생기는 일은 어떻게든 막아야겠다고 결심한다. 혼처로 정한 집안은 샤오싱 지역에서 꽤나 부유한 축에 속했다. 루쉰의 신부가 될 여자의 이름은 '주안'이었다. 그녀와의 결혼을 서두르기 위해 루쉰의 어머니는 자신이 병에 걸려 위독하다는 거짓 전보를 루쉰에게 보낸다. 전보를 받고 급히 달려온 루쉰은 그 소식이 거짓이었으며 당사자인 자신도 모르는 결혼식이 미리 준비된 사실에 큰 분노를 느꼈지만, 어머니의 명으로 어쩔 수 없이 일본 유학 중이던 1906년에 사랑 없는 결혼식을 올리게 된다.

이 일은 루쉰의 삶에 중요한 영향을 미친 비극 중 하나의 서막이었다. 결혼 이후에도 루쉰은 주안에 대해 어떠한 사랑의 감정도 느끼지 못했기 때문이다. 그녀를 두고 "어머니의 며느리일 뿐, 아내는 아니다."라고 이야기할 정도였다. 사랑 없는 결혼 생활을 지속해야 하는 주안 또한 비극적인 삶을 살기는 마찬가지였다. 물론 전통이 요구하는 순종적 여성상에 익숙했던 그녀였기에 꾹 참고 루쉰과의 비정상적인 결혼 생활을 유지했지만, 나중에는 결국 루쉰으로부터 이혼에 가까운 버림을 받게 된다. 루쉰에게 새로운 반려자가 생겼기 때문이다.

루쉰은 귀국 이후 자신이 근무하던 베이징 여자 사범대학에서 학내 분규가 일어났을 때 함께 투쟁했던 자신의 제자 쉬광핑과 사랑에 빠지게 된다. 투쟁의 과정에서 동지로서 편지를 주고받으며 쉬광핑과의 관계가 급속도로 발전했기 때문이다. 결국 루쉰은 평생의 반려자로 쉬광핑을 받아들이고, 저우하이잉이라는 아들까지 낳는다. 루쉰은 쉬광핑과의 관계 때문에 죽을 때까지 수많은 루머에 시달렸지만, 이 관계를 끝까지 유지한다. 쉬광핑과 아들 저우하이잉은 중화인민공화국이 건국되고 난 뒤에도 루쉰의 부인과 아들로서 인정받으며 높은 지위에까지 오른다. 반면 이런 상황에서도 이혼을 받아들일 수 없었던 주안은 여전히 루쉰 어머니의 며느리로서 살아가는 삶을 선택했다. 그녀는 루쉰 사후인 1947년에 돌봐주는 사람도 없이 외롭게 죽음을 맞이하게 되는데, 루쉰의 무덤 곁에 묻히고 싶다는 소망마저 이루지 못한 채 베이징 서구문 밖 묘지에 묻힌다.

그런데 루쉰의 가정사를 살펴보면 첫 번째 부인과의 사랑 없는 결혼이라는 사건보다 더 비극적인 사건이 있다. 그것은 한때 가장 가까운 혈육이자 동지였던 동생 저우쭈어런과의 결별이었다. 1906년경 동생의 미래를 고민하던 루쉰은 저우쭈어런을 일본으로 불러들여 함께 공부하기로 결심한다. 형과 함께 일본 유학을 시작한 저우쭈어런은 형 못지않게 근대 학문을 진지하게 받아들였으며, 소설 번역 작업까지 같이 진행하면서 《역외소설집(域外小說集)》이라는 외국 소설 번역집까지 출간한다. 하지만 이후 시간이 지나며 저우쭈어런은 제국주의 국가인 일본의 문화에 깊이 감화되었으며, 정치·사회적인 변혁 운동보다는 사변적 인문학에 빠져들게 된다. 그러면서 시대의 요구에 민감하게 반응했던 형 루쉰과는 점차 다른 방향으로 치닫는다.

이런 학문적 차이 때문일까, 아니면 성격의 차이 때문일까. 아니면 저우쭈어런의 아내였던 일본 여성 하부또 노부꼬 때문일까. 귀국 이후에도 베이징에 집을 구해 어머니와 함께 나름 화목하게 살아가던 루쉰과 저우쭈어런은 여러 가지 사건들을 겪으며 점점 갈등이 깊어졌고, 결국 1923년 7월에 결별 선언을 하게 되었다. 놀랍게도 그 이후 두 사람은 죽을 때까지 화해하지 않고 살아갔으며, 저우쭈어런은 루쉰의 죽음 이후에나 루쉰에 대한 이야기를 본격적으로 꺼냈을 정도로 서로 교류하지 않았다.

그런데 루쉰이 사망한 이후 저우쭈어런의 삶은 그리 순탄치 않았다. 일본 제국주의가 본격적으로 중국을 침략했을 때, 저항의 상징과 같았던 형 루쉰과는 달리 저우쭈어런은 당시 문단에 널리 이름을 떨치고 있는 중요한 인물이었음에도 불구하고 민족적 책임을 저버린 채 친일 대열에 앞장서게 되고, 그로 인해 치욕스러운 말년을 보내기 때문이다. 1945년 말에는 '매국'이라는 죄명으로 체포되었으며, 풀려난 뒤에는 베이징에서 조용히 말년을 보냈지만 1960년대 문화대혁명 기간에는 홍위병들의 채찍을 맞아야 했다. 저우쭈어런은 그 뒤 오래지 않아 굴욕을 한껏 머금은 채 1967년 5월 사망한다. 하늘에서 동생의 비참한 죽음을 본 루쉰의 심정은 어떠했을까. 루쉰의 위대한 이름 뒤에 드리워진 가족의 슬픈 그림자에 새삼 안타까움을 느낀다.

4. 루쉰의 문단 생활 - 중국을 위한, 만인에 대한 투쟁

1909년에 루쉰은 일본 유학 생활을 마치고 중국으로 돌아온다. 집안이 이미 기울어 경제적으로 어려움을 겪고 있던 터라 루쉰은 항저우의 사범학당에서 화학과 생리위생학 교사로 일하기 시작했고, 이후에는 고향 샤오싱으로 돌아와 중학당 교감으로 근무했다. 그런데 이 시기에 신해혁명이 발발하면서 루쉰 또한 혁명의 소용돌이 속에 빠져들게 된다. 루쉰은 이 혁명 중에 진보적이고 혁명적인 세력을 강력하게 지지하면서 중국의 변화를 주도하기 시작했다. 하지만 혁명 세력이 실권을 장악했음에도 불구하고 샤오싱은 과거의 모습에서 벗어나지 못하고 청나라 때의 악습을 답습하고 있었다. 이에 실망한 루쉰은 난징에 있던 혁명 임시정부 교육부로 자리를 옮겨 새롭게 일을 시작하게 된다. 군벌 세력과의 타협으로 난징 정부가 베이징으로 옮겼을 때도 함께 가서 교육부 첨사로 계속 일했다. 그런데 이때쯤의 루쉰은 혁명에 동참하는 투사의 열정적인 삶이 아닌 교육 공무원으로서의 무료한 삶을 보내면서 무기력함과 좌절감에 사로잡힌다.

이때 찾아온 친구 진신이, 즉 첸쉬안퉁과의 대화가 《외침》의 서문에 실려 있어 사람들에게 널리 알려져 있다. 옛 비석에 새겨진 문장들을 베껴 쓰는 일로 소일하던 루쉰에게 친구는 새로운 중국을 위한 문예운동에 동참할 것을 부탁했는데, 이것이 바로 그 유명한 '무쇠로 만든 방' 이야기이다. 중국 인민에 대한 희망을 되찾는 과정이 인상적으로 드러난 이 에피소드와 함께 깨달음을 얻은 루쉰은 다시 칼보다 더 강한 그의 펜을 중국 인민들을 위해 휘두르기 시작했다. 그 주된 활동 무대는 《신청년》이라는 잡지였으며, 그 시작을 알리는 소설이 중국 봉건사회의 추악한 이면을 파헤친 〈광인일기〉였다. 〈광인일기〉로 시작하여 〈아Q정전〉으로 이어지는 루쉰의 뛰어난 단편소설들은 《외침》과 《방황》이라는 두 권의 작품집에 집약되어 있다. 이 작품들은 길이가 그리 길지 않음에도 불구하고 중국 사회를 꿰뚫어 보는 루쉰의 날카로운 시각이 뚜렷하게 드러나는 작품들로 평가받고 있다.

그런데 이런 단편소설들만 루쉰의 대표작이라고 알고 있는 경우가 많다. 아무래도 〈아Q정전〉이라는 소설의 세계적인 유명세 때문에 그런 것이 아닐까 싶다. 그러나 사실 루쉰은 소설뿐만 아니라 '잡문(雜文)'이라는 형태의 글을 꽤 많이 발표했다. 루쉰 작품 전집에서 잡문이 차지하는 비중은 상당히 높은데, 이런 잡문들은 오늘날로 따지면 신문의 사설과 같이 어떤 문제에 대해 자신의 생각을 설득력 있게 서술하는 형식의 글이라고 볼 수 있다. 당시 루쉰은 이 잡문이라는 형식을 적극적으로 활용하여 정치·사회·문화적으로 민감한 문제들을 거침없이 파헤치면서 자신의 뛰어난 전투력을 유감없이 발휘했다. 특히 5·4 운동이 격렬하게 전개되던 1919년 무렵에는 날카로운 필봉으로 혼란에 빠져 있는 중국 사회를 자극하는 뛰어난 잡문들뿐 아니라 걸작의 반열에 오를만한 단편소설들까지 끊임없이 생산해 냈다.

루쉰이 잡문을 즐겨 활용했던 이유는 또 있다. 루쉰은 잡문을 통해 다른 사람들과 지적 논쟁을 펼치는 것을 즐겼다. 루쉰은 새로운 세상으로 나아가는 길에 걸림돌이 되는 수많은 반대 세력들과 지면을 통해 싸우는 것을 조금도 주저하지 않았다. 심지어 루쉰의 논쟁사를 인물별로 엮은 《루쉰과 루쉰이 '욕'한 사람들》이라는 책도 나와 있을 정도이다. 과거 중국 문학의 소재로 자주 등장했던 원앙, 나비 등을 여전히 애호한다는 조롱의 의미를 담은 이름의 '원앙호접파(鴛鴦蝴蝶派)' 세력들이나, 젊은 학생들에게 학술 연구에 매진할 것을 요구하면서 정치적 저항운동에 참여하는 것은 반대한 후스와의 논쟁이 대표적이다. 이 중에서 특히 〈'페어플레이'는 뒤로 미루어야 한다〉라는 글은 당시 논쟁에서 루쉰이 보여주었던 단호한 태도가 잘 드러나 있어 그의 잡문 중 대표적인 사례로 주목할 만하다.

이 글은 루쉰의 삶에 중요한 분수령이 될 만한 사건인 '베이징 여자 사범대학 사건'과 연관되어 있다. 루쉰이 근무하던 베이징 여자 사범대학에 새롭게 부임한 양인위 총장이 군벌 정부의 위세를 등에 업고 학생들의 진보적인 저항 운동을 탄압하고, 학교 자체를 통폐합할 음모를 꾸미기 시작했다. 이에 맞서 학생들의 반발이 거세어지면서 학교 당국은 폭력적 수단까지 동원하게 된다. 이에 분노한 루쉰과 몇몇 교수들이 학생들과 힘을 합쳐 싸우기 시작하면서 충돌은 점점 더 격해진다. 그때 학생들의 정당한 요구에 대한 학교 당국의 무리한 탄압을 지켜보던 여론이 움직이기 시작하면서 결국 군벌 정부의 교육 총장 장스자오와 양인위 총장이 쫓겨나고, 학생들은 마침내 승리를 거둔다. 이것이 '베이징 여자 사범대학 사건'의 전말이다.

이렇게 혁명 민중의 거대한 압력으로 구세력이 쫓겨난 뒤, 《생활의 발견》이라는 저서로 나중에 세계적인 유명세를 얻었던 학자 린위탕은 쫓겨난 이들에 대한 공격을 멈추고 '페어플레이'를 하자는 내용의 글을 발표한다. 이에 맞서 루쉰은 린위탕을 강력하게 비판하면서, 현재 중국의 상황을 봤을 때 '페어'의 시행은 시기상조이며 끊임없이 그들을 공격해야 한다는 논조의 글을 발표한다. 이 글이 바로 〈'페어플레이'는 뒤로 미루어야 한다〉라는 잡문이다. 이 글을 읽어 보면 '관용'이라는 단어는 루쉰과 전혀 어울리지 않는 말임을 곧바로 이해할 수 있을 만큼, 자신의 적들과 치열하게 맞서 싸웠던 루쉰의 모습을 유감없이 만날 수 있다. 또한 그가 임종을 눈앞에 두고 쓴 글인 〈죽음〉에서도 이러한 태도가 잘 드러나 있다. "관용을 쉽게 주장하는 자들과는 가까이하지 말고, 계속 그대로 원망하라. 나 또한 한 사람도 용서하지 않을 테니!"라고 강렬하게 외치는 그의 모습에서 죽음의 그림자를 직면한 사람의 나약함이라고는 찾아볼 수 없다. 이처럼 루쉰은 날카롭고, 냉정하며, 서슴없이 적들과 끝까지 맞섰다.

이렇게 자신과 타인에게 냉철한 잣대를 들이댔던 루쉰이지만, 신중국을 열어갈 새로운 세대들에게는 유난히 관대한 태도를 보였다. 루쉰은 자신의 세대는 다음 세대들이 타고 넘어갈 '중간물'에 불과하다고 주장했다. 그는 〈수감록 49〉라는 글을 통해 "늙은이들은 소년들이 걸어가도록 길을 열어주고", "소년들이 가는 도중에 심연이 있으면 늙은이 자신들의 주검으로 메워야 한다."라고 말할 정도로 새로운 세대들에 대한 기성세대의 조건 없는 희생을 강조했다. 이런 루쉰의 강렬한 주장들을 읽어가다 보면, 오늘날 흔히 말하는 '꼰대'와 가장 안 어울리는 사람이 바로 루쉰이라는 생각이 들기도 한다. 그런데 이렇게 새 세대를 이끌어갈 청년들을 사랑하던 루쉰을 결정적으로 분노하게 한 사건이 있었다. 바로 '3·18 참살 사건'이다.

5. 루쉰의 사상적 변화 - 비판의 중심에 서다

1926년 3월 18일, 봉건 군벌의 친일 외교에 항의하는 학생 시위대에게 군벌 돤치루이 행정부가 발포 명령을 내려 학생들을 학살한 '3·18 참살 사건'이 발생한다. 자신이 아끼던 제자 류허전의 사망을 지켜보며 비분에 찬 심정을 토로했던 루쉰은 자신들을 반대하는 지식인들의 암살까지 불사하는 군벌들의 극악무도한 탄압에 위협을 느껴 어쩔 수 없이 도피 생활을 시작하게 된다. 그는 베이징을 떠나 상하이에 머물다가 샤먼대학의 초청을 받아 연구교수로 부임한다. 그러나 샤먼대학에서도 그의 진보적 성향을 불편해했던 이들과의 갈등으로 인해 어려움을 겪고, 결국 혁명의 진원지였던 광저우의 중산대학으로 직장을 옮기게 된다.

그런데 이 시기에 루쉰은 사상적으로 커다란 변화를 맞이한다. 그가 혁명적 변화를 주도한 이론적 배경인 마르크스주의에 주목했기 때문이다. 그전까지는 사회진화론에 근거하여 근대라는 새로운 시대에 뒤떨어지지 않는 중국을 만들기 위해 노력했던 루쉰은 당시 중국 정치에 커다란 영향력을 행사하던 마르크스주의를 이해하기 위해 열정을 쏟기 시작했다. 특히 상하이에서 장제스를 우두머리로 하는 반혁명가들과 국민당 지지자들이 사람들 앞에서 혁명 군중과 청년, 학생, 공산당원들을 학살한 4·12 쿠데타가 발발하면서, 루쉰은 국민당에 맞서 혁명을 지속하고 있던 중국공산당과의 심리적 거리를 점점 좁히게 된다. 진보적 사상으로 인해 끊임없이 살해 위협을 받던 그는 피비린내 나는 학살에 저항하는 의미로 중산대학에서 사직한다. 루쉰은 모함에 가까운 비판을 쏟아내는 이들의 틈바구니에서 지친 나머지, '환멸 어린 비애'를 느끼며 혁명의 고향인 광저우를 떠나 상하이로 거처를 옮긴다.

그러나 상하이로 거처를 옮긴 뒤에도 루쉰은 사방에서 공격을 받는다. 이번에는 젊은 공산당원을 자처하는 이들이 루쉰의 작품과 이론이 낡았으며, 마르크스주의적 관점에서 보면 심지어 '반동적'이라고 몰아붙이기도 했다. 루쉰의 '아Q'는 아예 시대에 뒤떨어진 인물의 상징처럼 거론되고 있었다. 루쉰은 이들에 대한 반격을 차근차근 준비하기 위해 마르크스주의 관련 서적을 100여 권 이상 구입해 집중적으로 정독하면서 이론의 핵심을 정확히 이해했고, 이 이론을 중국의 현실에 어떻게 적용해야 할지에 대한 전망 또한 올곧게 세운다.

이를 통해 루쉰은 마르크스주의 문예이론을 체계적으로 번역하여 중국에 소개할 수 있게 되었고, 자신을 향한 젊은 당원들의 비판에 대해 논리적으로 반격할 수 있는 내공까지 충분히 갖추게 되었다. 이런 과정을 거치면서 놀랍게도 루쉰은 자신을 공격했던 젊은 공산당원 작가들까지 규합하여 '중국좌익작가연맹'을 건립하는 등 국민당의 반혁명적 문화 정책에 반대하기 위한 정치적 저항 활동의 최전선에 다시 한번 나서게 된다. 1931년 가을 일본 관동군이 중국을 공격하기 시작한 9·18 사변이 일어난 뒤에는 일본 제국주의의 만행을 비판함과 동시에 침략자 일본에 적극적으로 맞서지 않았던 국민당 정부를 분노에 찬 어조로 규탄했다. 이 시기의 루쉰은 엄청난 양의 시사평론을 쓰면서 중국 인민의 정신을 깨우기 위해 자신의 모든 힘을 쏟아붓고 있었다.

그런데 일본 제국주의에 대한 증오를 이렇게 노골적으로 표현했던 루쉰이 일본 민중들에 대해서만큼은 호감을 표시했다는 점이 인상적이다. 《게 가공선》이라는 작품으로 유명한 일본의 작가 고바야시 다키지가 일본 정부에 의해 살해되었을 때, 루쉰은 애도의 뜻을 표하는 전보를 보내며 "중국과 일본, 두 나라의 민중은 친형제와 같다."라고 표현했다. 이로 미루어 볼 때 루쉰은 두 나라의 민중에 대해 각별한 애정을 가지고 있었으며, 고통받는 이들끼리 힘을 합쳐 제국주의와 맞서 싸우기를 간절히 소망했다는 것을 확인할 수 있다. 상하이에 거주할 무렵 루쉰과 가장 가까운 사이였던 인물 또한 일본인 우치야마 간조였다는 점도 루쉰의 폭넓은 인간관계를 확인할 수 있는 좋은 예이다.

그렇다고 해서 루쉰이 일본 민중들에게만 각별한 애정을 표시한 것은 아니었다. 전 세계 고통받는 민중들이라면 누구나 루쉰의 친구가 될 수 있었다. 소설 〈오리의 희극〉에서 잘 드러나 있는 러시아 맹인 시인 예로셴코와의 특별한 관계가 그 대표적인 예라고 말할 수 있다. 또한 루쉰은 1933년에 한국의 민족시인 이육사와도 대면한 적이 있다. 이를 인연으로 이육사는 루쉰의 작품을 식민지 조선에 소개했고, 루쉰 사후에는 애도하는 글을 발표하기도 했다. 이처럼 루쉰은 중국 민족의 개혁과 해방을 꿈꾸고 있음과 동시에, 민족이라는 범주를 넘어 핍박받는 이들 누구와도 연대할 수 있는 폭넓은 사상을 품고 있었다. 그렇기에 루쉰이 죽은 뒤 중국 외의 다른 나라에서도 수많은 조문객이 찾아와 그의 죽음을 슬퍼했던 것이리라.

또한 루쉰의 흥미로운 특징 중 하나로 그가 미술을 대단히 좋아했으며 미술의 사회적 효용 또한 상당히 중시했다는 점을 들 수 있다. 상하이에 머물던 1930년대에 그가 구입한 서적의 3분의 1 정도가 미술 관련 서적일 정도였다. 《산해경》에 담긴 기묘한 그림들에 푹 빠져 있었던 어린 장서우는 나이가 들어서도 그 호기심을 잃지 않았다. 다만 그 방향은 좀 달라졌다. 특히 그는 민중에게 쉽게 보급할 수 있는 판화의 미술적 가치에 주목하여 당시 유명한 독일의 판화 작가 케테 콜비츠의 작품을 포함한 70여 점의 독일, 소련 판화를 들여와 중국 최초로 판화 전람회를 열었으며, 중국 최초의 목판화 강습회도 열어 판화의 가치를 널리 알리겠다는 의지를 표명하기도 했다. 미술에 대한 그의 관심은 죽을 때까지 계속되었는데, 죽음을 목전에 둔 1936년에도 아픈 몸을 이끌고 전시회장을 찾아 혁명 미술의 앞날을 젊은이들과 함께 논의하는 모습을 보여주었다.

6. 루쉰의 말년과 사후의 평가 - 극과 극의 평가 속에서

끊임없이 중국을 침공하는 일본 제국주의의 위협과 함께 국민당 세력의 살해 위협을 시시각각 느끼고 있던 루쉰은 주변의 아까운 인재들이 하나둘씩 정치적인 이유로 피살되는 것을 지켜보며 극심한 정신적 고통을 겪는다. 또한 루쉰은 여전히 여러 가지 논쟁의 한가운데에 위치하면서, 끊임없이 자신을 공격하는 세력들과의 고독한 투쟁을 계속하고 있었기에 그 고통은 더해만 갔다. 이렇게 신체와 정신을 혹사하는 삶이 계속되다 보니, 원래부터 폐병을 앓고 있었던 루쉰의 건강은 점점 더 악화될 수밖에 없었다. 그러나 이렇게 건강을 점점 잃어가는 상황 속에서도 루쉰은 창작에 대한 열정을 잃지 않았다. 중국 고대사의 이야기들을 우화로 차용하고 이를 새롭게 각색하여 비판과 풍자를 가득 담아낸 작품들을 연이어 발표한 것이다. 이 작품들은 《고사신편》이라는 작품집에 묶여 1936년 1월에 발표되었는데, 이 작품집이 루쉰 일생의 최후의 소설집이 되었다.

혼란스러운 투쟁의 한가운데에서도 자신이 애용하던 '금불환(金不換)'이라는 붓을 끝까지 놓지 않았던 루쉰. 국민당과 일본 제국주의라는 외부의 적, 그리고 진영 안에서 분란을 조장하는 내부의 적과 동시에 맞서기 위해, 등을 보이고 적과 맞설 수도 없고 안으로 돌아설 수도 없어 앞뒤를 모두 경계하며 '모로 우두커니 서서' 싸울 수밖에 없었던 영원한 투사 루쉰은 1936년 10월 19일에 지병으로 결국 세상을 떠나게 된다. 루쉰은 〈죽음〉이라는 글을 통해 유언 비슷한 글을 남기는데, 일반적인 유언과는 사뭇 다르지만 정말 루쉰답다고 느껴지는 글이다. 이 글에서 루쉰은 자신이 죽은 뒤 남겨진 사람들에게 "장례식 때 돈을 받지 말며, 어떤 기념행사도 하지 말고, 나를 속히 잊고 자신들의 생활로 돌아가라."라고 당부했다. 하지만 루쉰의 죽음이 전해진 직후 중국 인민 전체가 큰 슬픔에 빠져들었고, 유언과는 달리 엄청난 수의 조문객이 장례식에 몰려들어 중국의 위대한 스승을 떠나보낸 아픔을 함께했다. 중국뿐만 아니라 세계 각지의 사람들도 애도의 뜻을 표했는데, 당시 식민지 조선에서도 루쉰의 죽음을 중요한 사건으로 보도할 정도로 그의 죽음은 국제적으로 커다란 반향을 불러일으켰다. '민족혼(民族魂)'이라는 커다란 깃발로 덮힌 루쉰의 관은 장례식 후에 상하이 만국공원 묘지에 묻혔는데, 1973년에 루쉰 기념관으로 유해가 옮겨져 현재까지 많은 이들을 맞이하고 있다.

그런데 이렇게 많은 이들의 추모 속에서 세상을 떠난 루쉰임에도 불구하고, 극심한 이념적 대립으로 인해 죽고 난 뒤의 평가가 극과 극으로 갈리기도 했다. 공산주의 혁명을 통해 중화인민공화국을 수립한 본토 중국에서는 국가 주석이었던 마오쩌둥이 '루쉰론'을 발표할 정도로 루쉰은 근대 중국의 문학과 사상을 대표하는 핵심적인 작가로 인정받았다. 특히 문화대혁명 기간에는 루쉰의 '반역 정신'이 핵심 사상으로 등장하면서, 루쉰을 제외한 다른 작가들은 거의 취급받지도 못할 만큼 루쉰이 신격화되기도 했다. 물론 문화대혁명이 끝나고 1980년대로 넘어오면서, 지나친 우상화로 인해 루쉰의 진면목이 가려졌다는 평가와 함께 루쉰의 작품 세계와 이론을 새롭게 재정립하려는 시도들이 이어졌다. 오늘날에는 루쉰의 작품 세계를 여러 가지 방식으로 비평하고 평가한 결과물들이 꾸준히 축적되어, 2009년까지 조사된 결과에 따르면 중국

내에서 3만 편이 넘는 루쉰 관련 연구 글들이 발표되었다고 한다. 이뿐 아니라 해외에서도 루쉰에 대해 높은 평가를 내리고 있어, 근대 중국의 대표 작가 루쉰에 대한 연구가 한국을 비롯한 많은 해외 연구자들에 의해 심도 있게 진행되고 있다.

하지만 국민당이 정권을 잡은 대만의 경우에는 사정이 달랐다. 루쉰에 대한 평가가 정반대로 이루어졌기 때문이다. 좀 더 정확히 말하면, 일반인들의 경우 루쉰에 대한 평가 자체를 할 수 없도록 그의 글을 읽는 행위를 전면 금지했다. 우리나라에서 1980년대 후반까지 월북 작가들의 작품을 읽을 수 없게 막았던 것처럼, 대만에서도 루쉰을 공산주의 작가로 지정하여 1980년대까지 작품 자체를 접할 수 없게 했던 것이다. 사실 비슷한 이념적 대립 구도를 가지고 있는 우리나라의 경우에도 루쉰에 대한 연구가 활발해진 것은 1980년대부터였다. 오히려 루쉰과 거의 동시대를 살았던 1930년대의 연구자들은 그의 작품에 대한 평가를 다양하게 발표했지만, 이념적 대립으로 인한 분단의 역사가 시작된 1940~1950년대 이후에는 루쉰이 금기처럼 여겨졌고 민주화 바람이 한창이던 1980년대에 들어와서야 본격적으로 주목받기 시작한 것이다.

이런 극과 극의 대립을 하늘에서 보고 있었던 루쉰의 심정은 과연 어떠했을까? 여기에서 의문은 꼬리에 꼬리를 문다. '이 혼란의 한가운데에 두 팔을 걷어붙이고 끼어들어 그는 어떤 글을 써낼까?', '그의 붓끝은 과연 어디를 겨냥할까?', '그가 창조해 낼 오늘날의 아Q는 과연 어떤 모습일까?' 등등. 이런 의문에 대한 답이 궁금해졌다면, 이제부터 루쉰의 주요 작품들의 면모를 구체적으로 살펴보면서 루쉰이 정말로 하고자 했던 이야기들이 무엇인지 귀를 기울여 보자.

Ø2

루쉰 작품 읽기

광인일기

狂人日記, 1918

미친 세상 속에서 '광인'으로 살아가기

1. 〈광인일기〉의 줄거리

화자인 '나'는 중학 시절 친구의 동생이 큰 병에 걸렸다는 소문을 듣고 만나러 간다. 그런데 이미 그 동생은 회복을 마치고 지방 관리의 후보로 떠난 상태였다. 동생이 걸렸던 병은 '피해망상증'이었고, 특이하게도 동생은 병에 시달릴 때 자신의 상태를 일기로 써 두어서 그 병상을 짐작할 수 있었다. 이 일기가 의학적인 목적으로 쓸모가 있을 것 같아 13절로 나누어진 그 기록을 그대로 옮겨보는데, 내용은 다음과 같다.

① 달이 밝은 어느 날. 달빛을 보면서 정신이 번쩍 들었는데, 자오씨네 개가 나를 노리고 있다는 사실을 깨닫고 조심하는 마음을 가지게 되었다.
② 달빛이 없는 어느 날. 아침에 조심스레 집을 나서는데, 자오구

이 영감을 비롯한 사람들이 왜 나를 보고 원수 취급을 하는지 몰라 공포를 느끼게 되었다.

③ 사람들이 일상적으로 사람을 잡아먹는다는 말을 하는 것을 이상하게 여겼다. 그 후에 역사책 속에 '식인(食人)'이라는 두 글자가 나와 있는 것을 보고, 사람들이 나를 잡아먹으려는 속셈을 가지고 있음을 알게 되었다.

④ 나를 진찰하는 의사와 나를 돌봐주는 형 또한 사람을 먹는 패거리에 속해 있다는 사실을 깨닫고 놀라움과 공포를 느꼈다.

⑤《본초강목》과 같은 의학책을 보고, 형의 과거 행적을 떠올려 보니 형 또한 사람을 먹는 패거리임을 부정하기 어려웠다.

⑥ 자오씨네 개가 또 짖기 시작했다.

⑦ 사람들이 나를 사지로 몰아서 스스로 죽음을 선택하게 만든다는 사실을 깨닫게 되었다. 이런 패거리에 가담한 형이 불쌍하게 느껴져 형부터 이 일을 그만두게 하려고 결심했다.

⑧ 한 젊은이와 대화를 나누면서 식인 풍습이 옳은 것이냐 따져 물었는데, 이 사람 또한 같은 패거리임을 깨닫게 되었다.

⑨ 식인의 풍습을 버리고 편히 살 수 있는 세상을 꿈꾸지만, 사람들은 쉽사리 변하지 않을 것이라 느꼈다.

⑩ 형을 포함한 주변 사람들에게 식인 풍습을 그만두라고 강력하게 요구했지만, 오히려 형은 고함을 치고 화를 내며 나를 고립시켰다.

⑪ 문득 누이동생의 죽음을 떠올리며, 누이동생이 형에게 먹혔으며 어머니 또한 이를 알고 있었을 수 있다는 사실을 깨닫게 되었다.

⑫ 사천 년간 내내 사람을 먹어온 이곳에서 나 또한 사람을 먹었을 수 있다는 데까지 생각이 미치면서, 제대로 된 인간을 만나기 어렵다는 사실을 알게 되었다.

⑬ 사람을 먹는 악습에 물들지 않은 아이가 만약 있다면, 이 아이들을 구해야 한다고 생각했다.

2. 〈광인일기〉 깊이 읽기

〈광인일기〉는 루쉰이 1918년에 《신청년》이라는 잡지에 처음으로 발표한 소설로서, 전통적인 고전 문체를 따르지 않고 구어체에 가까운 백화문(白話文)으로 창작되어 근대소설의 새로운 장을 연 작품으로 평가받고 있다. 그런데 이와 같은 문체적인 특징 외에 내용적인 측면에서도 파격적인 면모를 발견할 수 있는데, 이 소설은 미친 사람 즉 '광인(狂人)'의 이상심리를 고스란히 담은 '일기'가 핵심적인 내용으로 등장하기 때문이다. 물론 일반적인 사고 체계를 벗어난 광인이 주인공이라는 점이나, 일기라는 자기 고백적 형식이 채택된 점 등은 고골의 〈광인일기〉나 가르신의 〈붉은 꽃〉과 같은 러시아 소설의 영향을 상당히 받은 것으로 알려져 있지만, 소설이 발표될 당시 중국 문단은 이 소설의 파격에 상당한 충격을 받았다고 한다.

따라서 별다른 배경지식없이 이 소설을 처음 읽으면 '이게 무슨 헛소리인가' 하는 의구심이 자연스럽게 생길 것이다. 그도 그럴 것이, 자신을 둘러싼 모든 이들이 사람을 잡아먹는다고 의심하는 것도 황당하고, 또 그들이 그 자신까지도 잡아먹으려 노리고 있다는 공포에 사로잡혀 있는 것도 어이가 없다. '이런 황당무계한 정신이상자의 일기를 소설이랍시고 내놓은 루쉰이 이상한 사람 아닌가?'라는 생각마저 들기도 한다. 하지만 이 소설에는 루쉰이 품고 있던 당대 사회에 대한 날카로운 성찰과 치열한 도전 의식이 담겨 있다. 그렇다면 이제 당시 사회를 꿰뚫는 중요한 이야기들을 함축하고 있는 이 〈광인일기〉의 속살을 파헤쳐 보자.

첫 번째 질문, 식인(食人)의 의미는 무엇인가?

이 소설을 읽어나가다 보면 가장 먼저 떠오르는 질문 하나가 있다. 주인공은 주변 사람들이 모두 사람을 잡아먹고 있으며, 자신 또한 잡아먹기 위해 호시탐탐 노리고 있다는 의심을 하고 있다. 그러니 당연히 '사람이 사람을 잡아먹는 이 끔찍한 행위를 왜 하필 소설 속에 등장시킨 것일까?'라는 의문이 생길 수밖에 없다. 그래서 이 소설에 던지는 첫 번째 질문은 '소설 속에 등장하는 식인의 의미는 무엇인가?' 이다.

이 질문을 해결하기 위해 작품 속에서 주인공이 자신이 사는 중국을 '사천 년간 내내 사람을 먹어 온 곳'이라고 표현한 것에 주목해 보자. 이는 식인이라는 풍습이 사천 년이라는 오랜 시간 동안 전해 내려온 중국 사람들의 역사적 관습이라는 점을 의미한다. 실제로 루쉰은 쉬서우창이라는 친구에게 보내는 편지에서 중국의 역사를 기록한 대표적인 저작인 《자치통감(資治通鑑)》을 읽다가 중국인이 식인 민족임을 깨달아서 작품을 지었다고 언급하기도 했다. 루쉰이 언급한 대로 《자치통감》에는 식인과 관련된 기록이 상당히 많이 발견된다.

그렇다면 중국인들은 왜 식인을 한 것일까? 《자치통감》에 반복적으로 기록된 사례들에 따르면, 천재지변이나 전쟁과 같이 극한의 상황에서 먹을 것을 구하지 못해 어쩔 수 없이 서로를 식량으로 삼는 경우도 있었으며, 권력자들이 유희 삼아 식인 풍습을 자행하거나 과도하게 공물을 헌상하는 과정에서 식인이 일어난 경우도 있었다고 한다. 이처럼 식인 행위가 일어났던 상황들을 살펴보면 중국 역사의 비극성이 크게 두 가지로 구분되어 나타난다. 첫 번째는 먹을 것을 구할 수 없어 서로를 죽여 식량으로 삼을 수밖에 없었던 비참한 상황이 반복되었다는 것이고, 두 번째는 권력자들의 무자비한 압제로 인해 인간의 목숨이 무가치하게 희생되는 사례 또한 반복되었다는 것이다. 그러나 사실 이것들보다 더 큰 비극은 이러한 식인의 역사가 너무나 여러 번 반복된 나머지, 전통 혹은 풍습처럼 중국의 문화 속에 자리를 잡았다는 점이다.

물론 인신 공양의 문화가 있었던 북유럽이나 남아메리카의 사례를 생각하면 이것을 일종의 문화적 특수성으로 받아들일 수도 있다. 또한 루쉰이 이 작품 속에서 광인의 혼란스러운 시선을 차용하고 있다 보니, 과거 중국의 일부 지역 문화를 지나치게 과장해서 표현한 것으로 이해할 수도 있다. 하지만 루쉰은 이와 같은 식인 풍습이 과거뿐만 아니라 당시의 중국 사회에도 여전히 남아 있다고 생각했다.

> 역아가 제 자식을 삶아 걸왕과 주왕에게 바친 일은 줄곧 옛일이기만 했습니다. 그런데 누가 알았겠습니까? 반고가 천지를 창조한 이래 줄곧 잡아먹다가 역아의 아들까지 이르렀고, 역아의 아들부터 줄곧 잡아먹다가 쉬시린까지 이르렀고, 쉬시린부터 줄곧 잡아먹다가 랑즈춘에서 잡힌 사람에게까지 이르게 될 줄 말입니다. 작년 성안에서 죄인을 처형했을 때, 폐병환자들이 찐빵에 그 피를 찍어 먹었습니다.

위 인용문에 등장한 '쉬시린'이라는 인물은 루쉰이 일본에서 유학하던 1907년에 본국에서 혁명을 위해 투쟁하다가 잡혀 살해당한 젊은 혁명가를 의미한다. 그런데 이 쉬시린이 죽은 뒤, 실제로 그의 심장과 간을 위병들이 볶아 먹었다는 사실을 전해 듣고 루쉰이 상당한 충격을 받은 것으로 알려져 있다. 쉬시린의 죽음은 권력자들의 무자비한 압제로 인해 희생당한 이들이 겪었던 끔찍한 고통과 함께, 그 희생자를 잡아먹는 오래된 야만적 풍습을 상징적으로 보여주는 사례라고 볼 수 있다. 그리고 '폐병쟁이들이 찐빵으로 그 피를 찍어 핥아 먹는' 행위는 루쉰의 다른 소설 〈약〉에서 등장하는데, 여기에 희생된 사람 또한 쉬시린과 같은 사건으로 결부되어 죽음을 맞이했던 여성 혁명가 츄진이다.

그런데 여기서 또 하나의 질문이 생긴다. 여성들의 발을 기형적으로 묶어둔 전족(纏足)을 비롯하여 중국 전통 사회의 여러 가지 폐습들이 있었을 텐데, 왜 루쉰은 이 작품에서 굳이 '식인'이라는 잔혹한 관습을 소설 전면에 등장시킨 것일까? 그 이유는 루쉰이 식인 풍습을 중국 전통문화의 야만성을 노골적으로 보여주는 상징적인 행위라고 생각했기 때문이다. 자신보다 약한 사람을 잡아먹는다는 극단적인 행위를 통해 엄격한 규율로 끊임없이 다른 인간에게 '충성'과 '복종'을 요구하는 중국 전통의 폭력적 사회질서를 집약적으로 표현할 수 있다고 판단한 듯하다. 그리고 루쉰은 이러한 폭력적 사회질서의 근간에는 중국인들을 오랜 기간 억압하고 있던 봉건적 유교 질서와 예교(禮敎)가 자리 잡고 있다고 생각했다. 이는 특히 다음 인용한 장면에서 뚜렷하게 드러난다.

나는 역사책을 뒤져 꼼꼼히 살펴보았다. 이 역사책에는 연대가 없고,

페이지마다 '인의도덕(仁義道德)'이라는 글자들이 삐뚤삐뚤 적혀 있었다. 어차피 잠을 자긴 글렀던 터라 한밤중까지 요리조리 뜯어보았다. 그러자 글자들 틈새로 웬 글자들이 보였는데, 책에 빼곡히 적혀 있는 그 두 글자는 '식인(食人)'이 아닌가!

역사책에 기록된 '인의'나 '도덕'은 유교에서 강조하는 중요한 도덕률들을 의미한다. 그런데 그 사이로 '식인'이라는 글자를 발견했다고 서술한 것은 인의, 도덕 등의 윤리로 중국 사회를 지배하던 유교 질서가 결국에는 인간과 인간을 서로 잡아먹게 만드는 것과 같이 끔찍한 억압의 굴레라는 점을 노골적으로 고발하는 것이다. 새 시대를 꿈꾼 혁명가 쉬시린과 츄진이 식인 행위에 희생당한 것은 전통적 유교 질서가 새로운 세대의 등장을 극단적으로 탄압하고 있음을 보여주는 상징적인 장면이다. 그런데 이 소설에서 더욱 놀라운 것은 이 전통 사회의 억압적 질서가 단순히 다른 사람들, 즉 타자에게만 해당하는 것이 아니라 화자 자신에게도 영향을 미치고 있다는 점이다.

아무 생각을 할 수가 없다. 사천 년간 사람을 먹어 온 곳. 오늘에서야 비로소 명백히 알았다. 나도 그 속에 여러 해 섞여 살았다는 걸. 공교롭게도 큰형이 집안일을 관장할 때 누이동생이 죽었으니, 형이 음식에 섞어 몰래 우리에게 먹이지 않았노라 장담할 순 없다.

나도 모르는 사이 누이동생의 고기 몇 점을 먹지 않았노라 장담할 수 없는 것이다. 이젠 내 차례인데…….

사천 년간 사람을 먹은 이력을 지닌 나, 처음엔 몰랐지만 이젠 알겠다. 진정한 인간을 만나기 어려움을!

광인은 처음에 마을 사람들이 자신을 잡아먹을지도 모른다는 불안감에 사로잡혀 있었다. 그러다가 자신을 보호하는 형 또한 그 사람들과 똑같다는 사실을 깨닫는다. 형에게 그 생각을 당장 고치라고 했지만, 형은 말을 듣지 않고 자신을 계속 미친 사람 취급했다. 그런데 누이동생의 일을 생각해 보니 자신 또한 사람을 먹은 것 같다고 느낀다. 다시 말해서 '사천 년간 내내 사람을 먹어 온 곳'에는 '사천 년간 사람을 먹은 이력을 가진 나'도 포함되어 있었던 것이다. 결국 광인인 화자는 사람을 잡아먹지 않은 사람을 만나기는 정말 어려운 일이라는 비극적 사실까지 깨닫게 된다.

그런데 앞서 지적했듯이 '식인'이 '중국의 전통적 유교 질서'를 상징하고 있다는 점을 고려해 보면, 주인공의 마지막 깨달음을 통해 전통적 유교 질서의 억압으로부터 자유로운 사람을 정말 찾기 어렵다는 사실이 비극적으로 드러난다. 새로운 시대에는 사람을 잡아먹는 사람이 없어져야 하지만, 그러기는 거의 불가능에 가깝다는 말이다. 새 시대에 새로 태어난 자들도 이 사람을 먹는 무리에 쉽게 포함될 수밖에 없을 것 같다는 불안이 엄습하는 것이다.

그래서 화자는 소설의 마지막에 "사람을 먹어본 적 없는 아이가 혹 아직도 있을까? 아이를 구해야 할 텐데……."라고 아쉬움과 걱정을 담아 중얼거린다. 이 말은 식인의 풍습에 포섭되지 않은 세대의 출현을 간절하게 바라는 심정이 담긴 말로 볼 수 있다.

두 번째 질문, 광인(狂人)은 어떤 사람인가?

이 소설의 주인공은 '광인', 즉 미친 사람이다. 도대체 루쉰은 왜 이런 주인공을 내세웠을까? 일단 루쉰의 실제 주변 환경을 통해 추측해 보자면, 루쉰의 친척 중에 정신착란증을 앓은 사람이 있어서 그것이 소설의 모티브가 되었다는 주장이 있다. 루쉰의 큰이모 막내아들이 정신 질환으로 고생했다고 하는데, 그 사례를 보고 루쉰이 소설의 아이디어를 얻었다는 것이다. 이는 물론 작가의 경험이 소설 창작에 영향을 주었다는 것을 어느 정도 짐작하는 데는 도움이 되겠지만, 사실 소설 자체의 의미를 깊이 있게 이해하는 데는 크게 도움이 되지 않는다.

그러면 서술상의 효과 측면에서 한번 살펴보자. 미친 사람을 화자로 내세우게 되면 독자는 화자의 진술을 전적으로 신뢰할 수 없으므로, 표면적으로 진술된 내용을 복합적으로 따져보게 된다. 이런 서술상의 효과를 이른바 '신뢰할 수 없는 화자'라고 한다. 예를 들어 채만식의 소설 〈치숙〉에서 이런 효과가 두드러진다. 특히 친일파 조카가 사회주의 운동을 했던 아저씨를 비난하는 장면에서,

독자는 조카의 말을 그대로 믿기보다는 조카의 말에 문제가 있다는 것을 금방 알아채고 오히려 친일파 조카를 풍자하고자 한 작가의 의도를 눈치챌 수 있기 때문이다. 소설 속 일기의 화자를 광인으로 설정한 〈광인일기〉도 이런 효과를 노리고 있다. 광인이 하는 이야기들은 곧이곧대로 받아들일 수 없고, 받아들이더라도 이성적인 잣대로 쉽게 이해할 수 없기 때문에 독자들은 '신뢰할 수 없는 화자'의 말과 행동들을 적극적으로 해석하여 이야기가 담고 있는 상징성을 추출해야만 한다. 이러한 과정을 통해 소설은 다양한 의미들을 발생시킨다.

이외에도 루쉰이 광인을 주인공으로 내세운 좀 더 심층적인 이유가 있을 듯하다. 그 이유는 도대체 뭘까? 그렇다면 먼저 '광기'에 대해 이야기를 할 때 꼭 빠지지 않는 프랑스의 철학자 미셸 푸코(Michel Foucault)의 이야기를 한번 꺼내보자. 푸코에 따르면 르네상스 시대까지는 초월적 세계의 존재가 광인의 광기 어린 행동을 통해 드러난다고 믿었기 때문에 광인들을 신성시하는 경향이 있었다고 한다. 하지만 의무 노동의 규칙이 보편화되는 17세기에 이르게 되면 새로운 노동 환경에 적응할 수 없는 광인들을 사회질서 바깥으로 추방하기 시작했다. 반복적인 의무 노동에 적응할 수 없는 이들을 사회와 격리하고, 이들을 사회질서의 밖에서 교정하는 사회체제가 성립되기 시작한 것이다. 그런데 이 논리를 찬찬히 따라가다 보면 광인이라는 존재는 사회 밖으로 추방된 존재이면서,

동시에 추방된 사회체제의 특성을 그대로 드러내는 역할을 하고 있음을 유추할 수 있다.

푸코의 논리대로 루쉰의 광인 또한 이런 역할을 하고 있다. 루쉰이 내세운 이 광인은 유교에 기반한 중국 전통 봉건 질서의 정신적 억압에 적응하지 못한 자이면서, 그 질서에 의해 분리된 자이기 때문이다. 간단히 말해 '모두가 미친 세상에서는 미치지 않은 자가 오히려 미친 사람이 되는' 상황인 것이다. 그런데 루쉰의 광인은 거기서 한술 더 떠 그 질서의 핵심을 광인의 언어로 폭로하고 있다. 심지어 그는 변화를 거부하는 사람들의 퇴행적인 면모까지 정확하게 파악하고 있으며, 이런 굴레에서 벗어나자고 호소하는 선각자의 모습까지 보여준다. 그래서 더욱 그는 위험한 존재이다.

> 저 패거리들은 나를 잡아먹을 수도 있고, 형님을 잡아먹을 수도 있고, 심지어 자기 패거리 안에서도 서로 잡아먹을 수도 있습니다. 그런데 한 걸음 방향을 바꿔, 또 즉시 고친다면, 모두 태평해질 수 있습니다. 예부터 늘 그래 왔다고 해도, 우리는 오늘이라도 좋아지려고 노력할 수 있습니다. 안 된다고 말씀하세요! 형님, 형님은 그러실 수 있어요. 그저께 소작인이 소작료 인하를 요구했을 때도 안 된다고 하셨잖아요.

소작료를 깎아달라는 소작인의 요구를 매몰차게 거절한 형의 태도를 은근히 비판하면서, 식인의 질서에서 벗어나기를 간절히 바라는 광인의 논리적인 호소를 듣다 보면, 그를 단순히 미친 사람으로 치부하기는 어렵다. 어쩌면 그는 미친 세상에 의해 쫓겨난 혁명가로도 볼 수 있다. 그래서 루쉰의 광인이 실제로 미친 것이냐 아니냐에 대한 논란도 있다. 이 논란에는 크게 세 가지 견해가 등장한다. '전사설(戰士說)', '광인설(狂人設)', '기탁설(寄託設)'이 바로 그것이다.

'전사설'은 광인이 실제로 미쳤다면 앞의 인용과 같은 명료한 언어를 사용할 수 없기 때문에, 그는 봉건 질서를 타파하는 전사(戰士)이지 실제 광인은 아니라는 주장이다. 그러나 이는 소설의 맥락을 고려하지 않고 단지 작품 속 광인과 작가 루쉰을 지나치게 가깝게 설정한 견해라는 비판이 제기되면서 1980년대 이후부터 점점 힘을 잃고 있다. 그래서 두 번째로 등장한 것이 '광인설', 즉 실제로 미쳤다는 주장이다. 광인은 물론 봉건 질서에 저항하는 전사이지만, 신경증 증세가 나타나고 있다는 점도 인정한다. 미치기 이전에도 봉건 질서에 저항하는 인물이었고, 미친 이후에도 종종 명석한 현실 판단을 보여주고 있다는 점을 주목한 것이다. 그러나 이 주장 또한 광인에게 전사의 품격을 덮어씌운 약간 억지스러운 주장이라는 반론이 제기된다. 이와 달리 등장한 세 번째 주장은 '기탁설'인데, 작품 속에 등장한 광인을 현실의 작가와 분리해 하나의 상징으로 이해하는 견해이다. 작가 루쉰이 자기가 하고 싶은 말을 기탁, 즉 부탁하고 맡겨두기 위해서 광인이라는 독특한 인물을 창조했다고 보는 것이다.

아무래도 작품과 작가를 분리해 이해하는 것이 작품을 이해하는 좀 더 적절한 방법이라는 점을 고려하면 세 번째 견해에 힘이 실리는 것은 사실이다. 하지만 앞선 두 가지 견해들이 제기된 것 또한 당시 루쉰의 작품들이 해석되던 사회적 맥락과 깊이 연관되어 있다. 루쉰의 작품들 속 주인공이 작가의 분신처럼 해석되는 경우가 많았다는 점, 그리고 루쉰이 지닌 '반봉건 전사'로서의 강력한 이미지와 독보적인 권위가 작품 해석에 상당한 영향을 미치고 있었다는 점 때문에 광인을 실제 작가 루쉰의 모습에 겹쳐 해석한 경우가 많았던 것이다. 그럼에도 불구하고 〈광인일기〉 속 광인은 작가와 분리된 독자적인 존재로 해석하는 것이 타당하며, 작품 속 광기 또한 일종의 상징으로 받아들이는 것이 더 적절하다. 그런 의미에서 다음과 같은 해석에 귀를 기울일 필요가 있다.

> 작가에게 광기란 더는 정신 질환이나 이상심리 같은 질병이 아니라 자신의 문학적 상상력을 담아내는 유용한 도구로, 기성 권위와 질서에 대한 위반과 일탈의 기호다. 그리하여 광인과 광기는 세계를 새롭게 해석할 수 있도록 돕는 통로가 되며, 동시에 기성 지배 담론을 전복시키는 위험한 시도를 가능케 하는 문학적 보호장치가 된다.
>
> – 이주노, 《루쉰의 광인일기, 식인과 광기》 중에서

흥미롭게도 루쉰의 작품 중에는 〈광인일기〉와 비슷한 맥락으로 이해할 수 있는 작품이 하나 더 있다. 그 작품은 바로 1925년에 발표되어 작품집 《방황》에 실린 〈장명등(長明燈)〉이다. 이 작품은 지광마을이라는 곳에서 벌어진 한 사건을 다루고 있는데, 마을의 상징처럼 계속 켜져 있는 '장명등'을 끄려는 한 인물로 인해 마을 전체가 갈등을 겪는다는 것이 중심 내용이다. 마을 사람들은 이 장명등이 마을을 지켜주고 있다는 미신적 믿음을 가지고 있어서 남조시대 양나라 무제 때, 즉 5세기 때부터 1000년이 넘는 시간 동안 꺼지지 않게 지켜왔고, 만약 이 불이 꺼지게 되면 마을은 바다로 변하고 마을 사람들은 모두 미꾸라지가 될 거라는 공포심을 가지고 있었다. 그러나 광기에 사로잡힌 인물로 등장하는 '그'는 사람들이 메뚜기와 질병에 의해 더 이상 고통받지 않으려면 이 불을 꺼야 한다며 사람들을 위협한다. 결국 마을 사람들은 그를 골방에 가두는데, 그는 광기 어린 목소리로 장명등이 켜져 있는 사당에 불을 질러 파괴하겠다고 소리를 지른다. 이 소리를 들을 아이들이 '그'에 대한 노래를 지어 부르면서 소설은 마무리된다.

〈장명등〉 또한 광기에 사로잡힌 인물과 전통적인 미신에 사로잡힌 인물 사이의 갈등을 제시하고 있다는 점에서 〈광인일기〉와 흡사한 대립을 설정하고 있다. 광인이 전통 사회의 질서에 균열을 일으킨다는 설정이 비슷하게 제시되어 있으며, 메뚜기와 질병이라는 현실의 문제를 해결하기 위해 미신적 전통을 파괴해야 한다는 메시지 또한 상당히 유사하다. 다만 〈장명등〉의 경우에는 주인공 광인이 저항을 멈출 생각이 없으며 그의 이런 생각이 아이들의 노래를 통해 점점 확산될 것이라는 희망적인 결말을 제시하고 있지만, 〈광인일기〉의 경우에는 주인공 광인이 정신병을 모두 치료하고 사회로 복귀해 관리로 부임했다는 후일담을 소설의 서문에 미리 서술해 광인의 저항이 계속 이어지지 않았다는 점을 명확하게 설명하고 있다. 그렇다면 여기서 새로운 의문 한 가지가 떠오른다. 루쉰은 〈광인일기〉에서 본문이 전달하려는 메시지를 약화시킬 수도 있는 서문을 굳이 왜 썼던 것일까? 그 의미에 대해 좀 더 생각해 볼 필요가 있다.

세 번째 질문, 서문의 내용을 어떻게 해석할 것인가?

〈광인일기〉의 서문은 일기의 주인인 광인의 현재 상태를 그 형의 말을 통해 전하고 있다. 광인은 현재 피해망상증을 모두 치료하고 모 지방 관리의 후보로 부임하여 잘 살고 있다고 했으며, 자신이 미쳐 있을 때의 일기를 의료계의 연구를 위해 기꺼이 제공하겠다는 의사를 표했다고 한다. 이 서문의 내용을 있는 그대로 받아들인다면 지금까지 첫 번째와 두 번째 질문을 통해 해석한 작품의 저항적 의미가 축소되거나, 심지어는 아예 부정될 수도 있다. 본문의 일기 속에서 그토록 강렬하게 저항했던 광인이 지금 와서는 과거를 잊고 현실에 잘 적응하여 살아가고 있다는 식으로 읽을 수 있기 때문이다. 단적으로 서문과 본문은 정반대의 내용을 전달하고 있다고 해도 과언이 아니다.

이 서문을 분석할 때 우선 짚어봐야 할 것은 글의 문체이다. 서문은 본문의 백화문과는 달리 문언문(文言文)으로 서술되어 있다. 백화문과 문언문에 대해서는 〈쿵이지〉라는 작품을 설명할 때 좀 더 구체적으로 다룰 것이지만, 여기서 간단하게 설명하자면 문언문은 중국인들의 일상적인 표현을 잘 살린 구어체 백화문과는 달리 《논어》나 《맹자》 같은 중국 고전에서 사용하던 전통적인 표현 방식을 그대로 사용하는 문체이다. 흥미롭게도 루쉰은 이와 같은 문체의 차이를 통해서도 서문과 본문의 세계가 다르다는 점을 교묘하게 드러낸다. 즉 광인이 광기에 사로잡혀 전통적인 질서를 부정하면서 새로운 세상을 강렬하게 호소하는 내용이 담긴 본문에서는 백화문을 사용했지만, 광기에서 벗어나 전통적인 질서가 여전히 지배하는 일상적인 삶으로 돌아갔다는 사실을 전달하는 서문에서는 문언문을 사용한 것이다.

그런데 백화문의 세계를 떠나 문언문의 세계로 들어간 주인공의 후일담을 덧붙인 이유를 루쉰의 '조심성'에서 찾는 사람들이 있다. 당시에는 아직 루쉰과 같은 개혁 세력들이 힘을 얻기 이전이었기 때문에 새로운 세상을 향한 광인의 광기를 첫 작품부터 그대로 노출하는 것이 부담스러웠다는 주장이다. '我(나 아)' 자로 서술된 본문 속의 광기 어린 '나'와 '余(나 여)' 자로 서술된 서문의 '나', 즉 작가로 오인될 수도 있는 화자인 '나'는 다른 인물이라는 점을 부각하면서 작가를 향할 비난의 화살을 피했다는 것이다. 그리고 그 광기 어린 '나'조차도 현재는 현실의 질서에 순응해 잘 살고 있다는 식으로 마무리했다. 마치 연암 박지원이 〈허생전〉의 매운맛에 부담을 느껴, 이는 자신의 생각이 아니며 들은 것을 옮겼을 뿐이라고 서술했듯이 말이다. 하지만 '과연 루쉰이 그렇게 조심스러운 사람이었을까?'라고 반문해 볼 수도 있다. 작품을 향한 탄압이 두려웠다기보다는, 현실적으로 일어날 가능성이 높은 서문을 덧붙임으로써 상대적으로 파격적인 내용을 담은 본문의 소설적 신뢰성을 높이려고 한 것이라는 주장이 오히려 좀 더 설득력 있게 들린다.

어쨌거나 서문이 전해주는 광인의 후일담을 되새겨보면 이 소설의 결말은 결국 비극이라는 결론에 이르게 된다. 광기 어린 태도로 미친 세상을 향해 저항의 언어를 쏟던 주인공이 결국에는 그렇게 부정하던 질서 속으로 들어갈 수밖에 없었다는 사실을 씁쓸하게 확인하기 때문이다. 광인이 일기에 적어놓은 마지막 말들을 살펴보면 이와 같은 결말을 어느 정도 짐작할 수 있다. 광인은 일기의 끝부분에서 제대로 된 인간을 만나기 어려움을 토로하면서 사람을 먹어본 적 없는 아이가 아직도 남아 있을지 걱정하고 있다. 그리고 소설의 마지막을 "아이를 구해야 할 텐데……."라는 말로 끝맺고 있다. 이 말줄임표에 들어갈 법한 말들은 아마도 '어떻게 할 수 있을까?' 혹은 '가능할까?' 등의 주저함, 막연함을 표현하는 말일 것이다. 이 마지막 말은 아이들을 구할 완전한 해결책을 찾기 어려우며, 더 이상의 방법이 떠오르지 않아 막다른 벽에 부딪혔음을 암시하고 있다.

그렇다면 이 작품은 이렇게 비극으로 마무리되는 것일까? 그렇지만은 않다. '신뢰할 수 없는 화자' 이론에서 이야기했듯이, 독자는 작품 속에 나와 있는 내용을 문자 그대로 받아들이지 않는다. 진정한 독자는 자발적인 해석 활동을 통해 작품의 의미를 새롭게 끌어낼 수 있는 능력과 자격을 충분히 갖추고 있기 때문이다. 그런 의미에서 광인이 마지막으로 던진 말은 절망적인 상황에 봉착한 광인이 독자들에게 보낸 마지막 SOS 메시지라고 이해할 필요가 있다. 루쉰은 이 소설이 실린 소설집 서문에서 사방이 모두 가로막힌 철방에 갇힌 자들의 '외침'에 대해 이야기한 적이 있다. 그때 그 외침들 중 하나가 바로 〈광인일기〉의 마지막 말인 "아이를 구해야 할 텐데……."인 것이다. 비록 이 소리가 작고 힘없이 들릴 수도 있고, 그렇게 외치던 광인 또한 현실의 억압에 결국 길들여졌지만, 이 마지막 SOS를 들었던 수많은 독자는 그 말줄임표의 의미를 나름대로 채워 넣으며 외침에 응답했을 것이다. 이것이 바로 루쉰이 의도했던 '외침'의 진정한 의의라고 생각한다면, 〈광인일기〉는 결코 비극이 아니다.

3. 〈광인일기〉 엮어 읽기 — 염상섭, 〈만세전〉

유세종의 〈동아시아의 근대성과 광인〉을 참고하면 이 작품과 염상섭의 소설 〈표본실의 청개구리〉를 비교·분석한 연구 자료를 찾아볼 수 있다. '선각자적인 광인 체계'로 〈광인일기〉를 분류한 뒤 그와 비슷한 한국 소설로 〈표본실의 청개구리〉를 제시하고 이를 분석한 것이다. 물론 두 작품 모두 광인이 등장하며, 신경증과 관련된 사건들이 묘사되어 있고, 근대적 질서가 새로이 형성되는 과정에 대한 이야기라는 점에서 두 소설이 상당히 닮아 있는 것은 사실이다. 하지만 여기에서는 조금 색다른 관점으로 소설을 이해한다는 차원에서, 비슷한 시기에 발표된 염상섭의 또 다른 소설 〈만세전〉에 주목하고자 한다.

염상섭의 〈만세전〉은 1924년에 발표된 중편소설로, 동경에서 대학을 다니고 있던 주인공 이인화의 여행이 가장 큰 줄거리를 이루고 있는 여로형 소설이다. 이인화는 아내가 갑자기 위독하다는 전보를 받고 동경, 고베, 시모노세키를 거쳐 부산, 김천, 대전, 서울로 이동하는 여정에 오르게 된다. 이 과정에서 이인화는 당시 조선의 모습을 속속들이 살펴보게 되는데, 부잣집 도련님으로 일본에서 대학을 다니며 느꼈던 것과는 사뭇 다른 조선의 비참한 현실을 구체적으로 경험하면서 점점 절망에 빠져들게 된다. 조선인들을 멸시하고 탄압하는 일본 제국주의의 만행을 직간접적으로 경험했으며, 이에 맞서 함께 힘을 모아 싸워도 시원치 않을 판에 권력 앞에서 무력하고 한껏 위축된 태도로 자신의 이익을 추구하는 데에만 열을 올리는 조선인들의 모습에서 깊은 좌절감을 느낀 것이다.

이 작품의 원래 제목은 '묘지'였다. 작품 속에서 주인공 이인화가 느낀 혐오에 가까운 좌절감을 극적으로 표현할 때 조선의 상황을 '구더기가 들끓는 무덤'이라고 묘사한 데서 그 근거를 찾을 수 있다. 하지만 이 제목이 조선의 현실을 너무나 자학적으로 표현하고 있기에, 작품의 배경이 1919년 3·1 운동 전의 상황이라는 점에 착안, '만세전(萬歲前)'이라고 제목을 바꾸었다고 한다. 어쨌거나 주인공 이인화의 좌절감과 거기서 비롯된 냉소적인 태도는 소설 전반에 우울한 분위기를 형성하고 있다.

그런데 이 소설은 몇 가지 지점에서 〈광인일기〉과 맞닿은 부분들이 있다. 첫 번째로 주인공이 자신을 포위하고 있는 당시 사회에 대한 격한 혐오감을 표현하고 있다는 점과 그것을 상징적인 대상으로 표현하고 있다는 점이다. 〈광인일기〉의 '식인을 일삼는 사회'와, 〈만세전〉의 '구더기가 들끓는 무덤'이 각각 여기에 해당한다. 두 번째로 혐오해 마지않는 이 사회 현실이 전통적인 유교 질서에서 벗어나지 못한 결과라는 점 또한 공통적이다. 〈광인일기〉에 대해서는 앞서 이미 설명한 바 있으니 생략하고, 〈만세전〉의 경우 주인공 이인화는 일본 제국의 위생 경찰이 도입한 공동묘지 제도에 대한 논란을 지켜보면서 전통적 매장 풍습에 집착하는 조선인들의 전근대적 사고방식에 대해 비판적 시선을 거두지 않는다. 그래서 그는 "공동묘지다! 공동묘지 속에서 살면서, 죽어서 공동묘지에 갈까 봐 애가 말라하는 갸륵한 백성들이다."라는 냉소적인 표현을 서슴지 않고 떠올릴 수 있었던 것이다.

앞서 이야기한 바와 같이 이 두 작품은 여러 가지 측면에서 공통점을 가지고 있지만, 차이점 또한 발견할 수 있다. 두 작품의 결정적인 차이는 바로 '식민 지배에 대한 인식'이다. 조선은 당시에 이미 일본 제국주의에 침략을 당해 국권이 침탈당한 상태였지만, 중국은 제국주의 침략이 본격화되기 이전이었다. 때문에 〈만세전〉에서 느낀 제국주의 침략으로 인한 고통을 〈광인일기〉에서 구체적으로 찾아보기는 힘들다. 이는 역사적 배경의 상이함에서 온 차이로 볼 수 있다.

또 한 가지 차이는 주인공의 상태이다. 이인화는 광인과 달리 주변 사람들로부터 미친 사람 취급을 받고 있지는 않다. 물론 신학문을 많이 배워 주변 사람들에게 생각이 특이하다는 느낌을 주기는 하지만, 거기까지이다. 그런데 좀 더 들어가 보면 이 차이는 어쩌면 진짜 차이가 아닐 수도 있겠다는 생각도 든다. 〈만세전〉의 이인화는 겉으로는 평범한, 아니 오히려 잘나가는 부잣집 대학생으로 대접받으며 살아가겠지만, 내면적으로는 주변 사람들에게 광인 취급을 당하고 있다는 느낌을 받을 수도 있다. 그리고 어쩌면 〈광인일기〉의 광인 또한 현실적인 인물로 따져보면 이인화 정도의 사고방식과 태도로 살아가다가 자신의 생각을 좀 더 격렬하게 주변에 토로했던 사람이라고 추측할 수도 있다. 그렇게 생각해 보면 이 두 작품의 주인공들은 현실 속에서 다시 한번 가깝게 다가설 수 있는 기회를 맞이하게 된다. 이것은 아마도 국경을 넘나드는 두 소설의 비교로 찾아낸 새로운 발견일 것이다.

아Q정전

阿Q正傳, 1922

정신 승리의 슬픈 결말

1. 〈아Q정전〉의 줄거리

제1장, 서(序)

아Q에게 정전(正傳)을 써주기로 마음을 먹고 보니, 여러 가지 난관에 부딪히게 되었다. 첫째로 글의 제목을 정하기가 힘들었다. 열전(列傳), 자전(自傳), 내전(內傳), 외전(外傳), 별전(別傳), 가전(家傳), 소전(小傳) 등등 다양한 전(傳)의 종류들이 있지만, 그중에서 아Q의 일대기를 쓰기 위한 형식에 적절한 것을 찾기 어려웠다. 그래서 결국 상투적인 구절에서 따온 '정전'이라는 말을 활용하기로 했다. 둘째로 막상 글을 시작하려고 하니, 아Q의 성(姓)을 정확하게 알지 못한다는 사실을 깨달았다. 스스로 자오씨라고 말한 바 있으나, 성을 함부로 참칭한다고 동네의 유력자인 자오 나리에게 따귀를 맞고 난 뒤에는 그 또한 명확하지 않게 되었다. 셋째로 이름 또한 알지 못했다. 다들 그를 아Quei라고 불렀지만, '계수나무 계

(桂)' 자를 쓴 아구이인지, '귀할 귀(貴)' 자를 쓴 아구이인지 정확한 이름을 알 수 없었다. 할 수 없이 서양 문자를 빌려 아Quei라 쓰고, 간략히 아Q라고 부를 수밖에 없었다. 넷째로 아Q의 관적(貫籍), 즉 출신지를 알 수 없었다. 웨이좡에 오래 살긴 했지만, 따로 떨어진 곳에 살았으므로 웨이좡 사람이라고 말하기도 어려웠다. 결국 그에게 확실한 것은 아(阿)라는 글자 하나뿐이라는 것을 확인하면서, 이 글의 서문을 대신한다.

제2장, 승리의 기록

아Q는 이름과 관적이 분명하지 않았고, 그 이전의 행적조차 분명하지 않았다. 그는 그저 웨이좡 사람들의 놀림감이었을 뿐이다. 그럼에도 아Q는 매우 자존심이 강했다. 대처를 몇 번 드나든 이후에는 웨이좡 사람들이 생선튀김에 파를 올리는 방식이 적절하지 않고, 의자를 부르는 명칭이 올바르지 않다며 그들을 무시하는 마음까지 품고 있었다. '한때는 대단했고', '견식도 높았으며', '진정한 일꾼'이었던 아Q의 가장 큰 단점은 머리에 난 부스럼 자국이었다. 부스럼이라는 말과 비슷한 말만 꺼내도 흥분하는 아Q를 사람들은 놀리고 심지어는 때리기까지 했지만, 아Q는 자기만의 '정신 승리법'을 활용하여 스스로 만족할 수 있었다. 어느 날 아Q는 야바위 노름판에서 처음으로 돈을 따게 되는데, 소동 끝에 결국 딴 돈을 모두 잃어버린다. 패배의 고통을 안고 돌아오는 길, 아Q는 엉뚱하게도 자기 뺨을 자기 손으로 갈긴 뒤 다른 사람을 때린 것 같다는 정신 승리를 맛보며 편안하게 잠든다.

제3장, 승리의 기록 속편

아Q의 정신 승리가 유명해진 것은 성씨 문제로 자오 나리에게 뺨을 얻어맞은 뒤부터다. 이 사건을 통해 아Q가 자오 나리와 같이 유명한 사람과 관련되었기에 아Q의 유명세도 덩달아 높아졌다. 몇 해를 우쭐거리면서 살아가던 아Q는 왕 털보와 함께 경쟁적으로 이를 잡다가 그가 잡는 이보다 자신의 이가 작다는 것에 흥분하여 그와 싸움을 벌이게 된다. 싸움에서 밀리자 그제야 군자의 말씀을 꺼내며 피하려 했지만, 결국 왕 털보에게 크게 손찌검을 당한다. 그러다가 변발을 잘라버린 이른바 '가짜 양놈' 첸 대감네 큰아들을 만났고, 싸움에 진 분풀이로 그를 욕하다가 그에게도 지팡이로 매를 맞는다. 그가 이길 수 있었던 것은 정수암의 젊은 비구니밖에 없었는데, 길에서 만난 비구니의 머리를 쓰다듬고 모욕하면서 자신이 당했던 하루 동안의 굴욕을 시원하게 복수할 수 있었다.

제4장, 연애의 비극

비구니에게 통쾌한 승리를 거둔 줄 알았던 아Q는 뭔가 찜찜한 기분이 들었다. 비구니가 마지막으로 아Q에게 남긴 저주, '이 대가 끊길 아Q 놈아!'라는 말이 계속 마음에 남았던 것이다. 아Q는 '남녀유별'이라는 전통 윤리에 엄한 사람이었지만, 젊은 비구니의 머리를 쓰다듬었을 때 느꼈던 묘한 기분으로 인해 여자에 대한 욕망이 점점 강해지게 되었다. 그러다가 자오 나리 댁에 유일한 여자 하인이었던 우 어멈에게 돌발적으로 함께 자자고 들이대었다. 모욕을 당했다고 느낀 우 어멈은 소리를 지르면서 도망쳤고, 이 사실을 알게 된 자오 집안의 사람들은 대나무 몽둥이로 아Q를 응징한다. 또 재발 방지를 위해 우 어멈의 정신적 고통에 대한 위자료 지급을 포함한 다섯 가지 조건을 아Q가 받아들이도록 종용했는데, 돈이 없던 아Q는 솜이불을 저당 잡혀 그 돈을 갚았다. 그는 급하게 도망치느라 남겨놓았던 웃옷 또한 찾지 못해 웃통을 벗은 채로 살 수밖에 없었다.

제5장, 생계 문제에 직면하다

우 어멈과의 사건이 동네에 알려지면서 아Q에 대한 사람들의 분위기가 사뭇 달라졌다. 특히 여자들은 아Q만 보이면 몸을 숨기기 일쑤였고, 술집에서 외상도 주지 않았으며, 숙소처럼 머무르던 사당의 관리인도 아Q를 쫓아내려고 했다. 그중에서 아Q의 거의 유일한 생계 수단이었던 날품팔이 일조차 부르는 사람이 없어 아Q는 배를 곯을 지경에 처한다. 그런데 이 틈새를 노려 자신의 날품팔이를 차지한 샤오D의 존재를 알게 된다. 치미는 화를 참을 수 없었던 아Q는 샤오D를 찾아가 변발을 틀어쥐고 싸움을 벌였는데, 30여 분을 대치한 끝에 결국 승부를 가리지 못한 채 다음을 기약한다. 배고픔을 이기지 못한 아Q는 비구니가 머물고 있는 정수암 암자로 가서 무를 훔쳐먹으며 성안으로 들어가 배고픔을 해결할 새로운 일을 찾아보겠다고 결심한다.

제6장, 잘나가다가 망하다

그해 추석이 막 지난 무렵, 성안에 들어갔던 아Q가 웨이좡 마을로 돌아온다. 아Q는 옷차림새나 돈 씀씀이가 완전히 달라져서 갑자기 사람들에게 경외의 대상이 된다. 거인 나리의 집안일을 거들었다는 아Q가 전해주는 성안의 이야기를 들으며 사람들은 두려움과 존경의 마음을 표현한다. 특히 규방의 여자들은 아Q가 싸게 구해주는 옷가지들에 큰 관심을 보였고, 심지어 우 어멈 사건으로 인해 출입이 금지되었던 자오씨 집안의 여자들도 옷을 구하기 위해 아Q를 기다릴 정도였다. 그러나 아Q의 행적이 수상했던 사람들은 그를 의심하기 시작했고, 결국 아Q가 성안 도둑의 졸개로 가담하면서 보따리 하나를 얻었을 뿐이라는 것을 눈치채면서 아Q에게 품었던 짧았던 경외감을 접는다.

제7장, 혁명

선통(宣統) 3년 9월 14일(1911년 11월 4일) 한밤중에 검은 거적을 덮은 배가 자오 나리 집 앞 선창에 닿았다. 그 배는 웨이좡에 엄청난 불안을 불러일으켰는데, 사람들 사이에서 혁명당이 피난 온 배라는 소문이 돌기 시작했다. 그 소문을 들은 아Q는 혁명당 때문에 벌벌 떠는 사람들의 모습을 보면서 혁명당에 가담해야겠다는 결심을 한다. 특별히 무슨 단체에 가입한 것도 아니었던 아Q는 사람들 앞에서 구호를 외치고, 노래를 부르면서 자신이 혁명당에 가담한 사람인 것처럼 행동했다. 이런 아Q의 모습에 사람들은 점점 두려움을 느끼기 시작한다. 아Q는 자기 앞에서 주눅 들어 있는 사람들의 모습을 한껏 즐기며 행복한 상상에 빠져 있었지만, 실제로 혁명에 가담한 것은 자오 생원과 첸 대감 댁 가짜 양놈이었다. 이 두 사람은 혁명당이 들어왔다는 소식을 듣고 재빠르게 움직였는데, 황세를 칭송하는 위패를 박살 내는 것으로 혁명당과 한 패임을 증명해 보였다. 혁명당원을 자처하던 아Q는 그 소식을 까맣게 몰랐고 나중에서야 알게 되었다.

제8장, 혁명 참여를 금지당하다

혁명당에 넘어간 웨이좡은 생각보다 빠르게 민심이 안정되어 갔으며, 지사나 사령관들도 그대로 지위를 유지하고 있었다. 다만 혁명당은 변발에 대해서만큼은 단호했다. 성안에 지나가는 사람들을 잡아 변발을 보이는 대로 잘라버렸기 때문이다. 자오 나리의 자손들, 즉 생원을 비롯한 자오쓰천, 자오바이옌이 잇달아 변발을 말아 올렸으며, 그 뒤를 따라 아Q도 변발을 말아 올렸다. 혁명당의 일원임을 알아주기를 바라며 변발을 말아 올렸지만, 샤오D 또한 똑같이 변발을 말아 올린 것을 보고 아Q는 분노를 느낀다. 그래서 아Q는 진짜 혁명당원이라고 생각되는 가짜 양놈, 아니 이제는 서양 선생이라고 불릴 만한 위세를 가진 첸 씨를 찾아가 자신도 혁명당, 즉 쯔여우당에 가담하겠다는 의사를 밝히지만 결국에는 내쫓기고 만다. 그 이후 아Q는 자오 나리의 집이 털리고 있다는 샤오D의 이야기를 듣고 급히 달려가지만, 거기서 흰 투구와 흰 갑옷을 갖춘 혁명당원들이 한밤중에 그 집의 세간을 다 챙겨나오는 모습을 멀리서 지켜만 보다가 사당으로 돌아온다. 그러고는 반란에 끼지 못하고, 자신의 몫도 챙기지 못한 상황에 분노를 느끼며 그들에게 저주를 퍼붓는다.

제9장, 대단원

자오 나리 집이 털리고 난 뒤에 아Q는 갑자기 경찰에게 체포되어 성으로 끌려간다. 아Q는 자신이 반란에 가담하다가 잡혀 들어왔다고 감방 안 사람들에게 떠들었으나, 막상 심문을 받으러 대청 앞으로 끌려왔을 때 장삼을 입은 위세 등등한 거인 나리가 호통을 치며 노려보자 다리에 힘이 풀려 무릎을 꿇고 말았다. 아Q는 자오 나리의 집을 턴 사람들을 실토하라는 거인 나리의 심문에 모른다고 솔직하게 말했지만, 절도에 가담했다는 혐의에서 벗어나지 못했으며 오히려 무슨 종이 한 장에 서명을 하고 만다. 글을 쓸 줄 모르는 아Q가 동그라미를 그려 서명한 그 종이는 절도에 가담했음을 인정하는 서류였다. 혁명당원이 된 지 20일이 안 된 상황에서 열 건이 넘게 벌어진 사건들을 하나도 해결하지 못했던 자위대장과 민정 협력관이었던 거인 나리는 일벌백계의 차원에서 아Q를 사형에 처하기로 한다. 아Q는 형장으로 끌려가는 길에 자신을 구경하러 온 사람들 앞에서 사형수들이 부르는 노래를 불러보려고 했지만, 그것 또한 마음대로 되지 않았다. 결국 그는 "사람 살려……."라는 마지막 말을 남긴 채 총살을 당하고 만다. 그가 죽고 난 뒤 웨이좡의 여론은 한결같이 아Q에게 좋지 않은 쪽으로 기울었다. 총살은 목을 치는 것보다 볼거리가 적었으며, 노래 한 소절 못하는 사형수 때문에 괜히 헛고생만 했다고 투덜거리는 사람들이 많았기 때문이다.

2. 〈아Q정전〉 깊이 읽기

1921년에 연재가 시작된 〈아Q정전〉은 루쉰의 소설 중 대표작으로 손꼽힐 정도로 유명한 작품이다. 1921년 12월부터 1922년 2월까지 거의 3개월 동안 연재되었으며, 다른 작품들에 비해 거의 유일하게 중편에 가까울 정도로 길이도 길다. 이 작품은 '아Q'라는 한 인물의 간략한 흥망성쇠 이야기를 통해 신해혁명 당시 중국의 상황을 신랄하게 풍자하고 있는데, 발표된 직후부터 작품에 드러난 당시 사회에 대한 루쉰의 도발적인 비판 덕에 많은 이들이 충격을 받기도 했다. 특히 이 작품은 제목부터 시작해서 내용 전반에 걸쳐 여러 가지로 궁금증을 불러일으키는 지점이 많다. 따라서 작품을 이해하는 데 꼭 필요하다고 생각되는 질문 세 가지를 통해 작품의 의미를 세밀하게 분석해 보고자 한다.

첫 번째 질문, '아Q정전'이라는 제목은 어떻게 탄생하게 되었을까?

루쉰의 〈아Q정전〉은 '제1장, 서(序)'로 시작한다. 우리가 흔히 알고 있는 근대소설의 경우 '서'라는 이름으로 소설을 시작하지는 않으며, 장을 나누지도 않는다. 이것은 아마도 중국 전통의 소설 양식을 염두에 둔 창작 방식인 듯하다. 소설을 각각의 장으로 나누고, 장 앞에 전개될 내용을 요약하여 간단하게 덧붙인 소설들을 장회소설(章回小說)이라고 하는데, 중국에서는 명·청 시대에 널리 유행한 소설 양식이다. 루쉰은 이 전통적인 양식을 활용하여 기존의 독자들에게 익숙하게 다가가는 방식을 채택하고 있는 것으로 보인다. 그런데 막상 그 서문의 내용을 읽어 보면 '익숙함'과는 사뭇 다른 느낌을 받게 된다.

루쉰은 제1장을 통해 이 작품의 제목을 '아Q정전'이라고 붙인 이유를 상세하게 적어두고 있다. 작품 속에 제목을 붙인 이유를 밝히는 것은 그리 흔한 일이 아니지만, 서문을 읽어 보면 루쉰이 이를 쓰게 된 이유를 어느 정도 짐작할 수는 있다. 주인공의 이름을 밝히는 과정에서 벌어지는 난감한 상황을 보여주면서, 당시 중국 사회에 대한 풍자와 비판을 일정 부분 미리 맛보게 하기 위함이 아닐까. 식사에 비유하자면 애피타이저에 가까운 역할을 하는 셈인데, 〈아Q정전〉의 서문은 '애피타이저'라고 말하기에는 너무나 강렬한, 마치 중국 쓰촨 지방의 전통 마라탕에서 느낄만한 맵고 얼얼한 풍자의 맛을 독자들에게 선사한다.

예를 들어보자. '서'에서 루쉰은 자신이 후세에 말을 전할만한 위인이 못 되며, 불후(不朽)의 문장만이 불후의 인물을 전할 수 있다는 옛말을 인용한다. 그래놓고 '아Q'라는 인물에 대해 글을 쓰는 것은 '속후(速朽)'의 문장에 불과하다고 했다. 즉 자신의 글쓰기는 금방 썩어 없어질 문장으로, 아Q와 같이 성인의 반열에는 오를 것 같지도 않은 천한 인물을 뭔가 모를 귀신에 씌여 전하게 되었다고 이야기했다. 얼핏 보면 굉장히 겸손한 태도의 글쓰기로 보인다. 그런데, 이게 과연 겸손의 표현일까?

루쉰은 불후의 문장으로 불후의 인물을 전하는 과정에 대해 언급하면서, "글을 통해 사람이 전해지고, 사람은 글을 통해 전해지는데, 결국에는 누가 누구에 의해 전해지는 것인지 점점 애매해진다."라고 표현한다. 이것은 당시 이른바 불후의 문장, 즉 중국 전통의 '고문(古文)'에 집착하는 이들에 대한 은근한 비꼼으로도 읽을 수 있다. 시대의 변화에 잘 맞지 않는 과거의 고전을 전통이라고 옹호하는 이들 또한 오늘날의 어떤 가치를 어떻게 전달하고 있는지 길을 잃고 있지 않느냐고 반문하는 것처럼 들리기 때문이다. 이처럼 루쉰은 글의 초반부터 톡 쏘는 풍자를 독자들에게 맛보게 한다.

앞서 밝힌 바 있듯이 제1장 '서'의 중심 내용은 작품의 제목에 대한 설명이다. 그렇다면 '아Q정전'이라는 네 글자는 어떻게 해서 제목이 되었는지부터 차근차근 살펴보기 위해, 뒤의 두 글자인 '정전(正傳)'에 먼저 주목해 보자. '정전'이라는 말에 들어간 '전(傳)'이라는 글자는 인물의 일대기를 기록한 한문의 양식을 의미한다. 이 전이라는 양식의 유래에 대해서는 몇 가지 주장이 있지만, 이 양식이 성립되는 과정에서 가장 중요한 역할을 한 책이 사마천의 《사기(史記)》라는 데에는 이견이 없을 것이다. 사마천은 이 역사서를 쓸 때 역사적 사실 전반을 서술하는 '본기(本紀)'와 그 시대 주요 인물들의 전기(傳記)인 '열전(列傳)'을 따로 서술하는 '기전체(紀傳體)'라는 방식을 채택했다.

여기에 등장한 열전이 바로 전이라는 한문 양식의 모태가 된다. 즉 인물의 일대기를 출생에서 죽음까지 시간순으로 서술하고, 마지막에 사관(史官)의 평을 붙이는 열전의 서술 방식이 전반적으로 통용되면서, 역사적 인물이 아닌 인물의 이야기를 서술하거나 심지어 가공의 인물을 서술할 때에도 전의 양식을 많이 활용하게 된다. 고전소설에서 '○○○전'이라는 제목을 가진 작품들이 바로 이런 것들인데, 점점 시간이 지나면서 사관의 평가와 같은 요소들은 사라지고 그냥 자유롭게 소설을 쓰되 제목에는 관습적으로 '전'을 붙이는 경우가 많았다.

전이 오랫동안 많은 이들에 의해 저술되면서, 여러 가지 유형의 전들이 등장한다. 루쉰은 《한문학사강요(漢文學史綱要)》라는 책을 써낼 정도로 중국 문학에 대해 해박한 지식을 가지고 있었기 때문에, 이에 대해서 잘 알고 있었다. 그래서 작품 속에 "전에도 별별 전들이 다 있다. 열전(列傳), 자전(自傳), 내전(內傳), 외전(外傳), 별전(別傳), 가전(家傳), 소전(小傳) 등등."이라고 서술하면서, 정작 아Q의 경우에는 그 어느 것에도 맞아떨어지지 않는다고 투덜거린다. 그래서 결국에는 '한담은 접고 정전으로 돌아가서'라는 상투적인 구절에서 '정전'이라는 두 글자를 취하여 제목으로 삼게 되었다고 이야기한다.

속후의 문장가, 즉 금방 썩어 없어질 문장가 나부랭이일 따름이고, 삼교구류(三敎九流), 즉 유·불·도의 삼교나 아홉 가지 학문 계파에 끼지도 못하는 어설픈 소설가의 입장에서, 역사적 인물과도 거리가 먼 '아Q'라는 불상놈의 전기를 쓰려다 보니 작품의 형식을 고를 때도 정말 여러 가지 고민이 생긴다는 정도로 앞의 논의를 압축할 수 있겠다. 그런데 독자들은 여기까지 읽다 보면 그리 중요하지도 않은 것 같은 전 관련 내용을 왜 이렇게 주절주절 써두었을까 하는 의아함을 느끼게 된다. 이것이 바로 루쉰의 흥미로운 서술 전략이라고 볼 수 있다. 왜냐면 독자가 '지금 그게 뭐가 그리 중요하지?'라는 생각을 하게 만들면서, 아Q에게 어울리는 '전'을 이리저리 찾아보는 행위 자체가 우스꽝스럽다는 사실을 깨닫게 해주고 있기 때문이다.

이는 '아Q'라는 주인공의 이름을 정하는 과정에서도 비슷하게 나타난다. 루쉰은 주인공의 이름에 'Q'라는 알파벳을 굳이 사용한 이유가 무엇인지에 대해서도 조목조목 설명하고 있다. 이때 루쉰이 겨냥한 것은 소설 발표 당시 논란이 되었던 중국어 발음 표기법과 관련된 문제이다. 중국어를 조금이라도 공부해 본 사람들은 중국어 발음을 표기하기 위해 알파벳을 사용한다는 사실을 알고 있을 것이다. 이를 '한어병음(漢語拼音)'이라고 하는데, 이것이 확정되기 전까지 중국에서는 중국어 발음을 표기하기 위한 다양한 시도와 제안들이 존재했다. 소설 중에 등장하는 "천두슈가 《신청년》을 발간하고 서양 문자를 제창한 탓에 국혼이 쇠망하여 고증할 길이 없게 되었다."라는 표현은 중국의 혁명적 사상가 천두슈가 당시에 《신청년》 잡지를 중심으로 한문을 버리고 에스페란토어를 사용하자는 주장을 내세웠다는 내막을 알면 좀 더 흥미롭게 읽을 수 있는 부분이다.

또한 소설 속에 '주음자모(注音字母)'라는 말도 나오는데, 이는 한자를 활용하여 중국어의 발음을 표기하는 방식인 '주음부호(注音符號)'를 의미한다. 루쉰은 알파벳 대신에 한자를 활용하는 주음부호를 지지하는 입장이었는데, 이 의견은 1918년에 중화민국 북

경 정부에 의해 정책으로 선포되기까지 했다. 그러나 결과적으로는 대중들에게 널리 수용되지 못했으며, 결국 1928년 이후 로마문자화를 본격적으로 추진하게 되었고, 중화인민공화국 건립 이후 1958년 2월에 현재의 한어병음 방안이 확정된다. 이처럼 당시 지식인들은 표의문자인 한문을 중심으로 한 중국어 표기법의 문제를 해결하기 위해 여러 방면으로 고민하고 논의했다.

하지만 중국의 국수(國粹), 즉 중국 고유의 정신적 가치를 온전히 유지하기 위해서 전통적 표기법과 문체를 고수하는 사람들 또한 상당히 많았기에, 《신청년》을 중심으로 모여든 지식인들은 새로운 표기법을 옹호하기 위해 절박한 심정으로 논쟁을 전개할 수밖에 없었다. 그래서 루쉰 또한 〈아Q정전〉에서 그 이야기를 슬그머니 꺼내 든 것이다.

> 혹시 주음자모에 아직 거부감을 지닌 사람이 많아 널리 쓰이지 않을 수 있기에, 할 수 없이 '서양 문자'를 빌려 영국식 중국어 표기법으로 아Quei라 쓰고 간략히 아Q라 부를 수밖에 없다. 《신청년》을 맹종하는 것 같아서 나 자신도 송구스럽지만, 수재 선생도 알지 못하는 걸 난들 무슨 뾰족한 수가 있겠는가.

루쉰 자신 또한 《신청년》의 핵심 인물이었지만 작품 속에서는 《신청년》의 사상을 어쩔 수 없이 따르는 척하며, 표기법의 문제를 이렇게 의뭉스럽게 드러내고 있다. 아Q라는 이름을 정하는 과정을 통해 새로운 시대에 맞는 좀 더 편리한 표기법의 문제를 슬그머니 꺼내 들면서, 전통을 고수하고 변화를 반대하는 이들을 날카롭게 비꼬는 것이다.

이와 같은 비꼼은 '아Q의 본적'을 따질 때도 드러난다. 아Q의 본적을 확인할 수도 없고, 정확한 것은 '아(阿)'라는 이름 한 글자밖에 없다고 하면서 루쉰은 "역사벽과 고증벽에 물든 후스 선생의 제자들이 더 많은 단서를 찾아주기를 바란다."라고 말한다. 여기서 언급한 후스라는 학자에게 주목할 필요가 있다. 후스는 원래 개혁파로 알려져 있었지만, 중국 고전을 어떻게 볼 것인가에 대해서 루쉰과 입장이 확연히 갈렸다. 당면한 현실 문제를 해결하기 위해 젊은 세대의 적극적인 사회 참여가 필요한 시점임에도 불구하고 후스는 복고주의(復古主義)를 강조하며 현실 참여보다는 학술적 연구에 더 몰두해야 한다는 주장을 공공연하게 표명했기 때문이다. 이에 강하게 반발했던 루쉰은 자신의 강력한 무기인 잡문을 연속으로 발표하면서 반대 의견을 전투적으로 밝혔다. 그렇기에 '역사벽과 고증벽에 물든 후스 선생'이라는 말은 고전에 집착하는 후스를 슬그머니 끌고 들어와 은근히 뒤통수를 치는 루쉰의 서술 전략이 잘 드러난 표현으로 볼 수 있다.

그런데 '아Q'라는 이름과 관련해서 읽어낼 수 있는 의미는 이것만이 아니다. 알파벳 중에서 굳이 'Q'라는 글자를 가져온 것도 의

미심장하다는 점을 기억할 필요가 있다. 'Q'의 모양으로 〈아Q정전〉 속의 어떤 소재를 떠올릴 수 있을까? 바로 '변발'이다. 다시 말해 'Q'라는 글자는 만주족의 나라인 청나라 때부터 전통으로 유지해 온 변발의 모양을 연상시키며, 이는 근대화의 한가운데에 어리둥절하게 서 있던 당시 중국인들의 모습 전체를 자연스럽게 떠올리게 한다. 이쯤 되면 어떤 특정한 이름을 정한 것이 아니라 알파벳 약자로 주인공의 이름을 정해놓고, 그 이름의 모양은 '변발을 한 중국인'들을 떠올릴 수 있도록 만든 루쉰의 작명 센스에 감탄할 수밖에 없다.

두 번째 질문, '정신 승리'란 도대체 무엇인가?

주인공 아Q는 열악한 처지에 비해 자존심이 굉장히 강한 인물로 묘사되어 있다. 서른이 넘은 나이에도 집이 없어 사당에 임시로 거처하고 있으며, 변변한 일자리도 없어 동네 허드렛일을 도맡아 날품팔이로 연명하고 있다. 그러다가 가끔 돈이 생겨도 새로운 삶을 위해 투자하기는커녕 술을 마시거나 도박을 하면서 탕진해 버리고 만다. 일이야 곧잘 하니까 마을 사람들에게 어느 정도 인정받을지는 모르겠지만, 아Q의 처지 자체는 그야말로 마을의 가장 밑바닥이라고 말해도 과언이 아니다. 그럼에도 아Q는 자존심이 매우 강하며, 심지어 대처에 몇 번 들락거린 경험을 근거로 웨이좡 마을 사람들을 마음속 깊이 무시하고 있는 인물이다.

특히 아Q는 남들이 자신을 무시한다는 느낌을 받거나, 자신의 허물에 대해 다른 사람들이 이러쿵저러쿵 떠드는 것을 절대 참지 못하는데, 머리에 난 부스럼에 관련된 말이 조금이라도 나오면 신경질적으로 반응했던 장면이 아Q의 성격을 단적으로 보여주는 예라고 할 수 있다. 그렇다고 해서 아Q가 자신을 놀리는 사람들과 물리적으로 싸워서 이길 수 있는 것도 아니었다. 아Q는 다만 노려보는 것으로 대응할 수밖에 없었는데(이를 루쉰은 능청스럽게 '노려보기주의'라고 표현하고 있다.), 이를 동네 건달들이 놓칠 리가 없었다. 건달들은 아Q를 끊임없이 놀려댔고, 끝내 아Q에게 주먹 맛을 보여주기도 했다.

아Q는 건달들뿐 아니라 마을의 거의 모든 사람에게 패배를 맛보게 되는데, '자오'라는 성을 함부로 참칭했다는 이유로 자오 나리에게 따귀를 맞기도 했으며, 어느 날 운수 좋게 도박판에서 돈을 긁어모았을 때도 주변 사람들의 싸움판에 말려들어 주먹질과 발길질 세례를 받았다. 심지어 이 잡기 경쟁으로 시작된 왕 털보와의 한판 대결에서도 처참하게 패배하고 말았으며, 변발을 잘라버려 '가짜 양놈'이 되어버린 첸 나리의 큰아들에게도 지팡이로 매질을 당한다. 결국 아Q가 승리를 거둘 수 있었던 상대는 정수암의 젊은 비구니뿐이었다.

이런 연전연패의 슬픈 현실을 극복하기 위해 아Q가 생각해 낸 기발한 방법이 바로 그 유명한 '정신 승리법'이다. 정신 승리란 말

그대로 실제로는 패배했지만, 마음속으로는 승리했다고 믿는 태도를 말한다. 예를 들어 건달들에게 실컷 두들겨 맞고 난 뒤 아Q는 자신이 '자기 경멸'의 '제1인자'라고 생각했다. 그런데 아Q는 무엇이 되었건 간에 제1인자가 되는 것은 훌륭한 일이라고 생각한다. 그러면서 아Q는 상대방을 무시할 수 있는 힘을 얻는다.

> 하얗게 눈부시던 한 무더기 은화! 모두 자기 거였는데, 지금은 하나도 보이지가 않다니! 아들놈이 가져간 셈 치려고 해도 여전히 마음이 개운치 않았다. 스스로 '난 버러지야'라고 말해보아도 역시 마음이 개운치 않았다. 이번만은 그도 조금이나마 실패의 고통을 느꼈다. 그래도 그는 이내 패배를 승리로 바꿨다. 그는 오른손을 들어 두세 번 자기 뺨을 힘껏 때렸다. 얼얼하니 제법 아팠다. 때리고 나니 마음이 평안해지고, 마치 자기가 때리고 다른 자기가 맞은 듯했다. 조금 지나자 자기가 다른 사람을 때린 것처럼(아직 얼얼했지만) 만족스럽게 승리한 기분으로 드러누웠다.

바로 이런 것이 아Q식 정신 승리이다. 요즘 말로 하면 아주 '신박한' 사고방식이다. 그런데 여기서 아Q의 행적이 단순히 한 인물의 이야기에 그치는 것이 아닐 수도 있다는 점을 주목해야 한다. 아Q의 작명법을 살펴보는 과정에서 보통명사처럼 쓰인 아Q라는 이름이 중국인 전체를 도상적(圖像的)으로, 즉 청나라 시대 중국인들의 변발 모양을 본뜬 것으로 볼 수 있음을 앞서 밝힌 바 있다. 이를 고려하면 아Q의 행적, 특히 아Q의 처참한 패배들은 하나같이 당시 중국을 둘러싼 국내외 정세와 어느 정도 연관된다고 해석할 수 있다. 예를 들어 당시 중국 사회에는 자오 나리처럼 권력을 쥔 채 사람들을 억압하는 권위적인 세력들도 존재했고, 도박판의 깡패들처럼 여지없이 끼어들어 이권을 빼앗아 가는 주변 강국들도 있었고, 가짜 양놈처럼 근대 문물에 눈을 뜨고 목소리를 높이는 개화파 세력들도 있었다. 따라서 이들에게 모조리 패배한 아Q의 처참한 모습은 근대 사회에 막 들어선 '잠든 거인' 중국의 무기력함에 대한 신랄한 풍자라고 이해할 수 있다.

이런 맥락에서 이해하면 '정신 승리'라는 말도 좀 더 심각한 의미로 받아들일 수 있다. 당시 중국은 절대 권력자인 미국, 영국, 프랑스, 독일과 같은 서방 제국주의 국가들과는 제대로 상대조차 할 수 없었으며, 동네 건달과 같은 후발주자 일본 제국주의에도 청일전쟁을 통해 쓰디쓴 패배를 맛보았고, 태평천국운동이나 의화단운동과 같은 내부의 불만조차 제대로 대처하지 못하고 있었다. 심지어 안으로부터 신해혁명이라는 폭발적인 변혁 운동이 일어나 청나라 정부를 근본부터 뒤흔들어 놓고 있었음에도 여전히 중국은 근대로 향한 발걸음을 제대로 내딛지 못하고 휘청거리고 있었으며, 중국인들 또한 자신들의 사고방식을 바꾸려 딱히 노력하지도 않았다. 그렇기에 루쉰은 중국인들이 여전히 '망각이라는 조상

대대로 내려오는 보물'을 간직한 채 중국이 아직도 위대하다고 믿는 비뚤어진 정신 승리에 빠져 있다고 판단했다. 그런 의미에서 루쉰이 쏘아 올린 '아Q'라는 작은 공은 정신 승리에 도취된 채 잠들어 있는 우매한 중국인들을 두들겨 깨우기 위한 폭탄 같은 존재라고 말할 수 있다.

그런데 여기서 꼭 한 가지 짚고 넘어가야 할 것이 있다. 그것은 바로 20세기 초반 중국인들을 신랄하게 풍자하기 위해 등장했던 '정신 승리'라는 단어가 오늘날 21세기 한국인들의 입에 오르내린다는 기이한 현상이다. 최근 인터넷이나 SNS를 통해서 이 정신 승리라는 말이 통용되고 있음을 체감할 수 있는데, 객관적으로는 패배했지만 스스로 승리했다고 믿는 엉뚱한 사고방식인 이 정신 승리가 오늘날 한국인들에게 왜 널리 통용되고 있는지 궁금증이 생길 수밖에 없다. 그것은 아마도 치열한 경쟁이 좌우하는 현실 속에서 나름의 돌파구를 찾지 못한 요즘 한국인들의 상황과 잘 맞아떨어지는 부분이 있어서일 것이다. 공동체 구성원들을 거리낌 없이 치열한 경쟁으로 내몰며 그 경쟁에서 밀려난 이들에게는 어떠한 관대함도 보여주지 않는 이 살벌한 한국 사회에서, 결국 경쟁에 밀려난 이들이 선택할 수 있는 길은 정신 승리밖에 없는 것일까? 만약 이런 의문에 고개를 끄덕일 수 있다면, 서글프게도 21세기의 한국인들은 '또 하나의 슬픈 아Q'라 불러야 마땅할 듯싶다.

이 소설의 후반부에서 가장 중요한 사건 하나를 꼽는다면, 웨이좡 마을을 덮친 혁명이라고 말할 수 있다. 마을에 성안 유력자 거인 나리의 배가 들어왔을 때, 혁명당의 물결이 성안까지 밀고 들어와 거인 나리마저 피신한 것이라는 소문이 돌 정도로 사람들은 시시각각 다가오는 혁명의 기운을 체감하고 있었다. 이렇게 대다수의 마을 사람들이 혁명이라는 시대적 변화에 두려움을 느끼고 있었지만, 반대로 아Q는 그런 분위기를 즐기고 있었다. 나름대로 대처 경험이라는 것을 해본 적이 있는 아Q는 이 흐름을 타고 '반란'에 적극적으로 가담하려고 했다. 그런데 아Q가 혁명에 이렇게 적극적으로 가담하려고 한 이유는 어쩌면 단순하다. 아Q는 그야말로 갈 데까지 간, 즉 더 잃을 것이 없는 인물이기 때문이다.

일단 아Q는 마을의 어떤 사람에게도 제대로 인정받지 못했으며, 정신 승리라는 수단이 없으면 안 될 정도로 자존심에 상처를 입고 근근이 살아가는 밑바닥 인생이었다. 게다가 자오 나리 댁 우어멈에게 추파를 던진 이후로는 일할 곳과 거주할 곳을 모두 잃어버렸고, 심지어 입을 옷까지 다 빼앗기고 말았다. 결국 배고픔에 지친 아Q가 할 수 있는 일은 정수암에서 기르는 무를 훔쳐먹는 일뿐이었다. 그렇게 아Q는 어쩔 수 없이 성안으로 떠나게 된다.

성안에 있다가 마을로 돌아온 아Q는 좀도둑질로 구한 물품들로 인해 잠시 마을 사람들의 입에 오르내리지만, 이내 성안에서의 행적이 들통나면서 또다시 무시를 당한다. 이런 상황에서 들려오는 혁명의 소식은 아Q에게는 오히려 새로운 기회가 되었다. 마을에서 공공연하게 모반과 반란, 그리고 혁명당을 언급하는 아Q에 대해 사람들은 두려움을 느끼기 시작했다. 이 또한 아Q에게는 아주 즐거운 일이었다. 아Q는 '반란'이라는 말만 꺼내도 벌벌 떠는 사람들의 모습을 보며 '오뉴월에 얼음물을 들이켠 것처럼 속이 시원함'을 느꼈고, 아Q가 혁명당에 연루되어 있을지도 모른다고 추측한 자오 나리가 아Q를 'Q 선생'이라고 높여서 부르는 황당한 상황도 경험하게 된다.

그런데 앞서 여러 번 언급했지만, 아Q가 당시 중국인 일반을 상징하는 전형적인 인물이라는 점을 떠올리면 아Q의 이 파격적인 행보를 거시적인 관점에 살펴볼 필요가 생긴다. 아Q의 삶이 갈 데까지 간 처지가 되었다는 말인즉슨, 20세기 초반 내외부의 강력한 도전에 제대로 응전할 수 없었던 청 왕조의 무능함이 중국 민중들의 삶을 극도로 피폐하게 만들었다는 의미를 함축하기 때문이다. 그렇다면 당시 중국에 왜 혁명이 발발하였으며, 민중들은 왜 호응했는지를 어느 정도 짐작할 수 있다. 갈 데까지 간 민중들의 비참한 처지가 변화의 열망을 불러일으킨 중요한 이유가 된 것이다.

여기서 아Q의 몰락과 관련하여 흥미롭게 살펴볼 부분이 또 있다. 아Q의 어설픈 연애 사건이 바로 그것인데, 아Q는 어처구니없는 짓을 우 어멈에게 저지름으로써 마을에서 쫓겨날 위기에 처한다. 그때 아Q가 당한 처벌은 다섯 개 조항으로 구성된 서약서로 요약되어 있다. 이 서약서의 내용이 상당히 흥미롭다. 아Q가 저지른 죄에 대한 처벌을 보면 경제적 배상과 접근 금지가 주된 조항이다. 하지만 두 번째 조항, 즉 '자오씨 댁에서 도사를 불러 목을 매어 죽게 하는 귀신을 쫓는 굿을 하는데, 그 비용은 아Q가 부담할 것'이라는 조항은 꽤 황당하다. 여자에게 치근덕거렸다고 굿을 하고, 그 굿 비용을 지불해야 한다니 말이다. 이 비용 부담이 아Q를 나락으로 떨어지게 만든 결정적 요인이었다.

루쉰은 이 조항에도 의미심장한 내용을 담아둔 듯하다. 이 조항은 루쉰이 당시 중국 사회의 가장 심각한 문제 중 하나로 보았던 '미신과 예법'의 절묘한 합작을 보여주고 있기 때문이다. 물론 여자를 갑자기 위협한 아Q가 잘했다는 것은 결코 아니지만, 그에 대한 처벌로 제시된 다섯 가지 조항들은 당시 중국 사회를 억압하던 전통적 예법과 절차를 풍자적으로 표현한 것으로 보인다. 특히 두 번째 조항에 담긴 굿과 관련된 비용은 미신에 의존하는 민중들의 일상적인 태도를 암시하고 있다. 이와 같은 조항으로 인해 아Q가 생계에 위협을 받았다는 소설적 설정은 불합리한 미신과 부조리한 예법으로 이루어진 잘못된 풍습들이 당시 중국인들의 삶을 심각한 상황으로 몰아갔음을 강조하기 위한 것이라고 봐도 무방하다.

이후 혁명의 열기가 점점 고조되면서 사람들도 발 빠르게 움직이기 시작했다. 그중 첸 대감댁 가짜 양놈과 자오 나리 댁 자오수

재가 혁명 대열의 선두에 나섰다. 이들은 정수암에 청나라의 상징인 황제의 위패가 모셔져 있다는 이야기를 듣고 정수암을 습격하여 위패를 파괴하는 것으로 자신들의 의사를 표명했다. 시간이 지나면서 이들처럼 혁명에 편승하려는 사람들이 하나둘씩 늘어나기 시작했는데, 샤오D와 같이 변발을 말아 올리는 것으로 혁명의 대의에 함께 하려는 의사를 표현하기도 했다. 이런 변화의 틈바구니에서 아Q 또한 적극적인 혁명 참여 의사를 밝혔지만, 웨이좡 마을의 혁명을 이끌던 가짜 양놈, 아니 이제는 서양 선생에게 혁명당 가입을 허락받지 못하고 혁명 대열에서 밀려나게 되었다.

그렇다면 이후의 혁명은 어떻게 전개되었을까? 이 혁명은 진정으로 사회를 변화시키는 방향으로 흘러가지 않았다. 성안에 혁명당이 입성했다는 소식이 들렸지만, 사람들의 예상과는 달리 대이변은 일어나지 않았다. 지사 나리를 비롯한 기존 세력은 그대로 자리를 지키고 있었으며, 차지한 자리의 이름만 바뀌었을 뿐이었다. 다만 포악한 혁명당 몇몇이 지나가는 사람들을 잡아 변발을 자르고 다니는 것만 달라졌다. 거기다가 혁명당을 자처하며 흰 투구와 흰 갑옷을 갖춘 자들이 자오 나리 댁을 약탈하는 사건까지 일어났다. 이 사건으로 엉뚱하게도 아무 관계 없는 아Q가 체포되었고, 결국 아Q는 누명을 쓰고 비참한 죽음을 맞이하게 된다.

그렇다면 소설 속 혁명은 왜 이렇게 이상한 방향으로 흘러가게 되었을까? 이 소설에 등장한 혁명은 청나라를 멸망시키고 중화민국을 성립시킨 '신해혁명'을 의미한다. 루쉰은 이 신해혁명에 적극적으로 가담했는데, 당시에 느꼈던 좌절감과 회의감을 이 작품에 고스란히 투영했기 때문이다. 신해혁명 당시 쑨원을 중심으로 한 혁명 세력은 1911년 10월 10일 우창에서 봉기했고, 그 후 삽시간에 17개의 성(省)이 혁명에 동조하면서 1912년 1월에는 난징에 중화민국 임시정부를 수립하게 된다. 당시 루쉰이 살고 있던 저장성 샤오싱에서도 혁명이 일어났는데, 루쉰과도 인연이 있던 혁명 세력 왕진파의 군대가 샤오싱을 장악하고 왕진파가 도독의 자리에 오르게 된다.

루쉰 또한 이러한 혁명적 변화에 큰 기대를 걸고 초등학교의 교장으로 부임하여 사회변혁을 위해 자신의 힘을 아낌없이 보태려 했다. 그러나 혁명과 거리가 먼 인물들이 차례로 다시 중요한 자리로 돌아오고, 왕진파마저도 점점 부패해 가는 모습을 보면서 루쉰은 크게 실망한다. 게다가 군벌 위안스카이가 총통을 차지했다는 소식은 그를 더욱 좌절하게 했다. 이런 와중에 혁명에 앞장서서 싸우던 친구 판아이눙의 죽음이 전해지자 루쉰은 심정적으로 상당한 충격을 받고 혁명에 대한 깊은 회의에 빠지게 된다.

그래서 루쉰은 〈아Q정전〉을 통해 이 혁명이 실패할 수밖에 없었던 원인을 나름대로 밝히고 있다. 그 첫 번째 이유는 혁명에 앞장섰던 신식 지식인들의 위선적인 행위이다. 이들은 혁명에 앞장서면서 중국을 새로운 방향으로 개혁할 것처럼 행동하고 있었지만, 실질적으로는 자신의 이익을 추구하는 데 더 몰두했다. 가짜 양놈과 자오수재가 정수암의 위패를 파괴했을 때 명나라 향로를 은근슬쩍 탈취해 가는 모습은 이들의 위선적인 면모를 잘 보여주는 사례이다. 향로를 탈취당한 정수암의 늙은 비구니는 뒤늦게 찾아온 아Q에게 이렇게 말했다.

"너 또 웬일이야?"

늙은 비구니가 깜짝 놀라며 말했다.

"혁명이 났어. (중략) 알고 있어?"

아Q는 어물거렸다.

"혁명, 혁명, 혁명은 진즉에 끝났어. (중략) 너희가 도대체 어떻게 우리를 혁명하겠다는 거야?"

그러나 이보다 더 중요한 두 번째 이유는 혁명의 핵심적인 원동력이 되어야 할 민중들이 적극적으로 나서지 않았다는 점이다. 민중들은 혁명의 의의를 제대로 이해하지 못한 채 방관적 태도를 고수하고 있었다. 당시 중국의 대다수 백성들은 만주족의 나라 청에 의해 멸망한 한족(漢族)의 명나라 숭정 황제를 기리기 위해 흰 투구와 흰 갑옷을 입은 사람들을 혁명당이라고 오해할 정도로 새로운 시대에 대한 자각이 부족했다. 물론 그들의 이러한 퇴행적인 면모를 충분히 이해할 수는 있다. 당시 민중들은 피폐한 삶으로 인해 새로운 변화를 바랐지만 권력자들에게 받아온 오랜 억압으로 인해 쉽사리 행동에 나설 수 없었고, 자신에게 확실히 이익이 있을 때만 가담하는 기회주의적인 모습을 가질 수밖에 없었다. 그렇다 보니 혁명이 진행되는 역사적인 순간에도 그들은 적극적으로 나서지 않았으며, 이것이 혁명이 실패하게 된 주요한 원인이 되었다.

특히 이러한 민중의 부정적 태도가 가장 잘 드러난 장면이 바로 아Q가 처형당하는 장면이다. 루쉰 소설 중에서도 〈조리돌림〉과 같은 작품이 비슷한 상황을 묘사하고 있고, 루쉰의 영향을 받은 왕루옌과 같은 작가도 〈유자(柚子)〉라는 작품을 통해 처형 장면을 다루고 있기는 하지만, 〈아Q정전〉에 묘사된 아Q의 최후는 상당히 인상적이다. 아Q가 사형장으로 끌려갈 때 군중들은 구경꾼이 되어 그 장면을 흥미진진하게 바라본다. 아Q는 그들의 눈빛에서 공포를 느낀다. 루쉰은 그 눈빛을 다음과 같이 묘사하고 있다.

> 그러나 그때 늑대의 눈길은 영원히 기억에 남았다. 흉악하면서도 비겁에 찬, 번득이던 그 눈빛이 마치 도깨비불처럼 멀리서도 그의 살가죽을 꿰뚫을 것 같았다. 그런데 이번엔 여태 보지 못한 더 무서운 눈길을 보았다. 둔하면서도 예리한, 그의 말을 씹어 먹고도 또 육신 이외의 무언가를 씹어 먹으려는 듯 영원히 멀지도 가깝지도 않게 그를 따라오는 눈길들.

방관자들의 탐욕스러운 눈빛 속에서 죽음을 맞이하는 아Q의 모습을 소설의 대단원에 배치한 것은 상당히 의도적이다. 루쉰은 가장 비참한 상황에 처해 있었지만 노예로만 살지는 않았던 아Q를 희생양으로 삼아, 타성에 젖어 잠들어 있던 중국 민중들의 각성을 강력하게 요구하고 있기 때문이다. 처음에는 우스꽝스러운 희극의 한낱 조연처럼 보였던 아Q는 소설의 말미에 이르러 거대한 중국의 변화를 촉구하는 엄청난 비극의 주인공이었음이 밝혀진다. 아Q의 작지만 큰 혁명은 이렇게 비극적으로 막을 내린다.

3. 〈아 Q정전〉 엮어 읽기 — 김소진, 〈열린 사회와 그 적들〉

〈아Q정전〉이라는 소설의 형식, 즉 한문학의 전 양식을 오늘날에 창의적으로 활용한 방식을 생각하면 한국문학에서도 비슷한 방식을 채택한 현대소설들을 발견할 수 있다. 그중 '똥깐이'라고 불리던 밑바닥 출신 깡패 조동관의 몰락상을 해학적인 어조로 풀어내고 있는 성석제의 〈조동관약전〉은 전이라는 형식을 차용했다는 점 말고도 밑바닥 출신 주인공을 우스꽝스럽게 묘사하고 있다는 점, 조동관의 행패를 진압하는 경찰들의 어처구니없는 행태들을 풍자하고 있다는 점에서 〈아Q정전〉과 비교할 만하다.

그러나 〈아Q정전〉의 사회 비판적인 성격을 좀 더 진지하게 따져보자면, 〈조동관약전〉은 등장인물의 해학적인 성격에 지나치게 집중하는 면이 있어 비교할 때 약간 아쉬운 부분이 있다. 그래서 여기에 견줄만한 또 하나의 작품으로 김소진의 〈열린 사회와 그 적들〉을 꼽아볼 수 있다. 작품이 발표된 1991년은 시위에 대한 경찰의 과잉 진압으로 인해 사망하거나 정권의 부조리한 행태에 스스로 목숨을 끊어 저항한 열사들이 줄을 이었던 시기이다. 칼 포퍼(Karl Popper)의 유명 저서 제목을 그대로 차용한 이 소설은 이런 어지러운 정국 속에서 경찰의 강경 진압으로 사망한 김귀정 열사의 시신을 진실 은폐를 위해 불법 탈취하려는 경찰과, 이를 막고자 병원을 지키는 운동권 세력들의 극렬한 대치 상황을 주된 배경으로 하고 있다.

여기서 소설은 경찰들과 운동권 세력 간의 긴박한 대치 속에서 발생한 또 하나의 대립에 주목한다. 그것은 학생을 중심으로 한 대책위 사람들과 이른바 '밥풀떼기'라고 불리던 최하층 빈민들 사이의 대립이다. 학생들과 일반 시민들 중심의 대책위 사람들은 열사를 지키겠다는 의도는 좋으나 험한 말과 거친 행동으로 주변 사람들에게 폐를 끼치는 '밥풀떼기'들을 긍정적으로 받아들일 수 없었다. 사회정의를 위한 운동권들의 고귀한 투쟁에 이들은 전혀 어울리지 않는 존재로 인식되었기 때문이다. 대책위 사람들은 주변을 고려하지 않는 그들의 천박한 행동과 폭력적 성향이 자신들의 정당한 주장을 오히려 왜곡시킨다고 생각했다. 좀 더 심하게 말하자면 열사의 시신을 탈취하려는 폭력적 의도를 가진 독재 정권과 마찬가지로 '밥풀떼기'들 또한 '열린 사회의 적'으로 불릴 만한 존재들이었다.

이와 같은 상황은 〈아Q정전〉에서 가짜 양놈 첸 선생이 아Q에게 혁명 참여를 금지한 것과 상당히 흡사한 듯하다. '밥풀떼기'들이 대책위와의 갈등 속에서 점점 투쟁의 중심에서 밀려나 찬밥 신세가 된 것과, 가짜 양놈이 사회의 가장 밑바닥에서 고통받고 살아온 아Q의 거친 언어와 행동들을 이해하지 못하고 혁명 참여를 금지한 것은 상당히 비슷한 맥락으로 이해할 수 있다. 흥미롭게도 소설의 결말 또한 비슷하게 마무리된다. 〈열린 사회와 그 적들〉도 〈아Q정전〉처럼 한 인물의 비극적인 죽음으로 막을 내리기 때문이다. '밥풀떼기'들 중 하나인 박상선 씨가 시위대가 피우고 있던 모닥불에 쓸 땔감을 구하려다가 발을 헛디뎌 죽음을 맞이하는 것으로 소설은 끝을 맺는다.

경찰 기자의 건조한 보고문으로 이를 전달하는 작가는 이 죽음의 의미가 무엇인지 되레 독자들에게 묻고 있다. 김귀정 열사와 같이 부조리한 정권에 저항하다 폭력적 진압에 의해 사망한 분들의 숭고한 희생을 기리는 것도 중요하지만, 박상선 씨처럼 나름의 방식으로 정권의 탄압에 대항하다가 이름 없이 사라져간 인물들도 있으며, 이들을 겉으로 드러난 모습으로만 판단하여 무례하고 천박하며 불결한 존재로 여기는 것이 과연 옳은 일이냐고 반문하는 것이다. '그런 사람들을 제외한 사회가 과연 진정한 열린 사회인가'라는 작가의 이 물음을 루쉰 식으로 번역하자면, '아Q와 같은 사람들을 제외한 혁명이 과연 무슨 의미가 있는 것이냐'가 되지 않을까. 이런 점에서 보았을 때 이 두 소설은 '진정한 혁명은 과연 누구를 위한 것인가'를 진지하게 묻고 있는 작품이라고 말할 수 있다.

약

藥, 1919

비극적 역사가 만들어낸
두 어머니의 모순적인 만남

1. 〈약〉의 줄거리

폐병에 걸린 아들 샤오솬을 치료하기 위해 아버지 화라오솬은 특효가 있다는 약을 특별히 구하게 된다. 그 약은 바로 사람의 피가 묻은 찐빵이었다. 죽은 사람의 신선한 피를 먹으면 폐병이 낫게 된다는 미신을 믿은 화라오솬은 거금을 주고 이것을 몰래 구입한 것이다. 그런데 이 피는 그 동네 샤씨 집안의 넷째 아들 샤위의 것이었다. 청나라 말기에 만인이 평등한 새로운 세상을 꿈꾸던 샤씨 집안의 넷째 아들은 형인 셋째의 고발로 인해 비참하게 처형을 당한다. 그때 나온 피를 급하게 화라오솬이 구해서 아들에게 먹인 것이다.

그런데 특효약을 구해서 먹었다고 생각했던 화라오솬의 아들 샤오솬도 결국 병세가 악화되어 죽음을 맞는다. 청명절을 맞이하여 두 무덤을 각각 찾아온 샤오솬의 어머니와 샤위의 어머니는 샤오촨의 무덤과 샤위의 무덤이 나란하게 놓여 있었기에 우연히 서로 만나게 되고, 까마귀 한 마리가 두 날개를 펴고 먼 하늘을 향해 솟구쳐 날아가는 모습을 함께 지켜본다.

2. 〈약〉 깊이 읽기

이 소설은 망국적 폐습에 젖어 있는 중국 사회에 대한 루쉰의 서늘하고 날카로운 비판이 뚜렷하게 드러난 충격적인 작품이다. 사람의 피를 약으로 쓰는 무지몽매한 전근대적 악습을 소설의 전면에 내세운 작가는 소실의 결말에 비극적인 사건을 배치하여, '전통'이라는 오래된 미망에 빠져 있는 중국인들을 충격요법으로 깨우고 있는 듯하다. 그렇다면 이 소설이 도대체 어떤 내용의 경고를 보내고 있는지 꼼꼼히 따져보자.

첫 번째 질문, 샤오솬에게 약으로 먹인 것은 무엇인가?

이 소설의 제목이 '약(藥)'이니 일단 그 약의 정체를 먼저 짚어볼 필요가 있다. 약의 정체를 이해하기 위해서는 먼저 그 약이 필요한 병에 대해서 알아야 한다. 그 병은 바로 폐병이었다. 여기서 말하는 폐병은 쉽게 치료하기 어려운 폐결핵과 같은 질병인 듯하다. 치료약이 널리 보급되지 않았던 당시 중국에서는 결핵 같은 폐병이

유행했고, 특히 가난하고 비참한 환경에서 살아가던 사람들에게 엄청난 고통을 주었다. 비슷한 시기의 일제강점기 조선에서도 엄청난 수의 환자들이 결핵으로 고생했다고 하는데, 1939년에는 한 해에 6000명이 넘는 사람들이 사망했다는 통계도 있다. 이상, 김유정 같은 유명 작가들도 폐결핵으로 최후를 맞았으니, 폐결핵이 동아시아 전체에 광범위하게 퍼져 있었음을 짐작하게 한다.

사실 결핵이라는 병은 상당히 의미심장한 질병이다. 《은유로서의 질병》이라는 책을 저술한 미국 작가 수전 손택(Susan Sontag)에 따르면, 결핵은 사람들에게 흔히 '빈곤이나 결핍(성긴 의복이나 여윈 신체, 불을 때지 못하는 방, 취약한 위생, 부적절한 음식)의 질병'이라고 인식되고 있다고 지적한다. 풍족함이나 영양 과다와 연관된 질병으로 인식되는 암과는 정반대의 위치에 있는 것이다. 만성전염병인 폐결핵은 경제 상태, 영양 상태와 밀접한 연관성을 갖고 있는 질병이기 때문에 계급적으로 감염의 차이가 있다고 한다. 즉 잘 먹지 못하고 잘 쉬지 못하는 계층에게 유독 취약한 질병인 것이다. 그렇다면 이 소설에서 루쉰이 샤오솬의 병을 폐병으로 설정한 이유를 짐작할 수 있다. 이는 당시 중국인들의 삶이 경제적으로나 영양학적으로 열악한 상태에 놓여 있었음을 보여주기 위함인 것이다.

샤오솬은 어린 나이에 이러한 폐병으로 고생하고 있었다. 그런데 샤오솬의 아버지 화라오솬은 아들의 폐병을 치료하기 위해

'사람의 피'라는 끔찍한 약을 먹였다. 도대체 왜 그런 말도 안 되는 짓을 한 것일까? 이런 어리석은 행동을 이해하기 위해서는 당시 중국의 상황을 살펴볼 필요가 있다. 그 당시 중국은 근대 의학이 폭넓게 보급되기 이전의 수준에 머무르고 있었다. 그래서 상하이처럼 큰 도시가 아니고서는 쉽게 근대 의학의 도움을 받을 수가 없었으며 당연히 돈도 많이 들었다. 그래서 대부분의 사람들은 병이 나면 과거로부터 전해오던 중국의 전통 의학에 의존할 수밖에 없었다.

그런데 전통 의학이라는 것은 근대 의학에 비해 탐탁지 않은 수단이었다. 과학적인 기법을 충분히 활용하는 현대 한의학과 달리, 당시 중국의 전동 의학은 미신에 가까운 민간요법과 별반 다를 것 없었다. 특히 루쉰은 이 전통 의학에 대해서 상당히 비판적인 생각을 가지고 있었다. 그 이유는 아버지의 병구완을 하는 과정에서 주변에서 명의라고 소문난 의원들의 얼토당토않은 처방 때문에, 치료비는 치료비대로 내고 고생은 고생대로 하고 결국 아버지는 병이 낫지도 않은 채 죽음을 맞게 된 절망적인 상황을 직접 체험했기 때문이다. 이와 같은 이야기가 〈아버지의 병환〉이라는 글에 잘 나타나 있다.

> 첸롄허도 진찰비는 1원 40전을 받았다. 이전 의사는 얼굴이 동그랗고 통통했지만, 이번 의사는 얼굴이 길쭉하고 통통했다. 이것 말고도 약

쓰는 법이 달랐다. 이전 의사의 약은 혼자서 다 구할 수 있었지만, 이번 의사의 약은 혼자서 어떻게 처리할 수 없었다. 그의 처방전에는 언제나 특수한 알약과 가루약, 그리고 이상한 보조약까지 들어 있었다. 그는 갈대 뿌리나 3년간 서리를 맞은 사탕수수 같은 것은 예전부터 쓰지 않았다. 가장 평범해 보이는 것이 '귀뚜라미 한 쌍'이었는데, 옆에다 잔글씨로 설명까지 달아놓았다. '처음 짝을 지은 것, 다시 말해서 본래부터 한 둥지에 있던 것'. 벌레도 정조를 지켜야 하므로 재취나 재가를 해서는 약재로 쓰일 자격이 없었다.

'정조를 지킨 귀뚜라미 한 쌍'이 치료약이라니, 근대 서양 의학의 세계에 살고 있는 요즘 사람들이 보기에는 너무 어처구니없는 재료이다. 어린 루쉰에게 이런 말도 안 되는 경험은 너무나 충격적이었기에, 이후에 인생의 중요한 선택을 할 때 큰 영향을 미치기도 한다. 루쉰은 원래 광업 학교를 다니고 있었으며, 일본 유학 당시에도 '동경제국대학 광업과'라는 진로가 정해져 있었다. 그러나 루쉰은 이 정해진 길을 포기하고 센다이에 있는 의학 학교로 진학했는데, 그 결정에 중요한 영향을 준 사건이 바로 아버지의 죽음과 관련된 경험이었다. 루쉰은 근대 의학이야말로 중국의 미신적 사상을 깰 수 있는 중요한 도구라고 믿었던 것 같다.

그렇다면 이제 소설 속에서 샤오솬에게 '사람의 피'를 먹인 이유가 어느 정도 짐작이 갈 것이다. 샤오솬은 전통 의학에 의지하여 치료를 진행했지만 제대로 된 효과를 보지 못했다. 그러다 보니 아버지 화라오솬은 물에 빠진 사람이 지푸라기라도 잡는 심정으로 민간요법에 의지하게 된 것이 아닐까? 아니면 더 비참한 상황을 상상할 수도 있다. 전통 의학 치료 또한 돈이 많이 드는 일이기 때문에, 이런 치료조차도 꾸준히 받지 못할 정도로 가난한 처지라면 어떨까? 아들의 병을 그대로 놔둘 수 없었던 아버지는 주변 사람들의 이야기를 전해 듣고 솔깃하여 이런 끔찍한 짓을 하게 된 것이 아닐까? 어쨌거나 이와 같은 상황을 통해 루쉰의 메시지는 좀 더 뚜렷하게 전달되는 듯하다. 병에 걸렸을 때 치료받을 수 있는 수단 또한 변변치 않은 가난한 사람들의 비참한 상황과 함께, 전통이라는 명분으로 끔찍한 행위들을 태연하게 저지르는 무지몽매한 중국 인민들의 모습을 도드라지게 묘사하고 있기 때문이다.

루쉰은 이렇게 끔찍한 짓을 저지르는 중국 인민들의 모습을 비판적으로 묘사하는 것을 결코 과장이라고 생각하지 않았다. 대표작인 〈아Q정전〉을 쓴 이유에 대해 밝히는 글에서 그는 이렇게 표현하기도 했다.

> 이전에 나는 좀 지나치게 묘사하는 측면이 있다고 생각했지만, 이제는 그렇게 생각하지 않는다. 오늘날 중국의 현실은 다른 나라 사람이나 미래의 중국 사람들이 보면 그로테스크하다고 느낄 것이다.

〈아Q정전〉의 마지막 부분에서 총살당하는 아Q의 모습이 재미없다고 투덜거리는 사람들이나, 〈광인일기〉에서 죽은 사람의 간을 볶아 먹었다는 군인들의 모습 등을 여과 없이 묘사하면서 루쉰은 잔인하고 끔찍한 일들을 오래된 관습이라는 핑계로 아무렇지 않게 저지르는 당시의 중국 문화를 바꿀 수 있기를 바랐다. 따라서 샤오솬의 끔찍한 '폐병약'은 루쉰의 이러한 의도를 충분히 이해하고 읽을 때 좀 더 정확히 이해할 수 있다.

두 번째 질문, 왜 '샤위'의 피로 찐빵을 만들었을까?

이 질문에 대한 답을 찾으려면 먼저 '샤위'가 어떤 인물인지 알아야 한다. 소설 속 한 장면을 살펴보자.

> "알고들 있으셔. 빨건 눈의 아이가 일의 전말을 자세히 알아보러 갔더니, 그놈이 도리어 아이에게 말을 걸면서 '이 대청(大淸)제국 천하가 우리 모두의 것이다.'라고 했다는 거야. 생각해 보게. 이게 어디 사람이 할 소리냐고. 빨건 눈깔도 그놈 집에 늙은 어미밖에 없다는 건 알고 있었지만, 설마 그렇게 찢어지게 가난할 줄은 생각 못 했다는 거야. 아무리 쥐어짜도 기름 한 방울 안 나오는 판이라 울화가 나서 뱃가죽이 터질 지경이었거든. 그런데 놈이 잔소리를 늘어놓았으니 호랑이 머리를 건드린 셈이지. 그냥 귀싸대기 두 대를 날려버린 거야."

소설 속에서 샤위는 샤씨 집안의 넷째 아들로 태어나 당시 중국을 뒤흔들던 혁명 사상의 세례를 받아 평등한 세상을 꿈꾸는 선각자로 그려지고 있다. 샤위는 청나라의 구제도를 타파하고 가난하고 힘없는 이들이 주인이 되는 새로운 세상을 추구하는 인물이었음이 인용한 말을 통해 드러나고 있다. 샤위는 감옥에 갇혀서도 간수들에게 다 같이 들고 일어나자며 설득할 정도로 혁명에 대한 강렬한 열망을 가지고 있는 인물이다.

그러나 그는 '귀싸대기' 에피소드에서 드러나듯이 선각자들의 사상을 이해하지 못했던 주변 사람들에게 오해와 멸시를 당한다. 이뿐만 아니라 가장 가까운 사람인 셋째 형에게 고발당해 비참하게 죽음을 맞게 된다. 그런데 이 '샤위'라는 인물은 실제 중국 역사 속 한 인물을 표상한다. 1907년에 청나라 정부에 의해 살해된 여성 혁명가 '츄진'이 바로 이 '샤위'의 모티브가 된 인물이다.

츄진은 루쉰의 고향인 샤오싱에서 혁명을 일으켰다가 체포되어 안타깝게 사형을 당한 인물인데, 일단 두 사람의 이름을 꼼꼼히 살펴보면 유사성을 발견할 수 있다. '샤위'의 '샤'는 '여름'이라는 뜻이고 '츄진'의 '츄'는 '가을'이라는 뜻이니, 계절을 의미한다는 점에서 비슷하다. 그리고 '위'와 '진' 모두 '옥(玉)'을 의미하기에, 루쉰이 '샤위'라는 이름을 통해 실존 인물 '츄진'을 애도한 것을 어느 정도 유추할 수 있다. 사실 츄진은 루쉰이 일본 유학 중에 인연을 맺은 인물인데, 〈광인일기〉에 등장하는 쉬시린과 함께 유학생들에게 빨리 고국으로 돌아가 혁명에 동참할 것을 종용했던 혁명가 가운데 한 명이었다. 이들은 루쉰과 달리 먼저 중국으로 돌아가 혁명에 가담하다가 비참하게 죽음을 맞았기에 일본에 있던 루쉰에게 큰 충격을 주게 된다.

그런데 샤위가 이런 인물이었음을 고려한다면 궁금증은 더욱 커진다. 루쉰은 왜 하필이면 비참하게 죽음을 맞은 혁명가의 피가 무지몽매한 한 백성의 아들에게 치료약으로 제공되는 상황을 만든 것일까? 이것은 아무래도 당시 상황의 막막함과 절망감을 더욱 사무치게 느끼게 하려는 작가의 의도가 반영된 것으로 볼 수 있다. 이 작품을 좀 더 깊이 이해하기 위해 루쉰의 산문 〈총명한 사람, 어리석은 자, 그리고 노비〉를 살펴보자.

이 글은 우매한 민중들의 모습을 우화의 형식을 빌려 명료하게 표현하고 있다. 남에게 걸핏하면 신세타령을 하는 노비가 '총명한 사람'을 만나 조언을 구했다. 노비는 집이 너무 누추해서 살기 힘들고 먹을 것도 없는데 주인이 너무 많은 일을 시켜 힘들어 죽겠다고 불평한다. 총명한 사람은 그의 이야기에 공감하면서 앞으로 그에게 좋은 일이 생길 거라고 위로한다. 반면 집에 창문이 없어서 너무 힘들다는 이야기를 '어리석은 자'에게 했더니, 그는 버럭 소리를 지르면서 노비를 멍청이라고 욕했다. 그는 주인한테 창문을 내달라 요구하라고 화를 내면서 함께 집으로 가 창문을 내기 위해 그 집의 흙담을 허물어 버렸다. 이때 노비는 과연 어떤 반응을 보였을까? 그는 강도가 집을 부순다고 주인에게 고발했고, 곧 노비들이 우르르 몰려와 어리석은 자를 쫓아냈다. 주인을 포함한 주변 사람들은 고발한 노비를 칭찬했고, 그 속에는 처음에 이야기를 들어준 '총명한 사람'도 함께 있었다.

여기서 노비에게 진짜 도움이 된 사람은 누구일까? 그의 집을 본격적으로 뜯어고치고 주인에게 강력하게 요구할 수 있도록 조언한 '어리석은 자'이다. 그런데 루쉰은 왜 도움이 되는 조언을 한 의인(義人)을 '어리석은 자'라고 표현했을까? 아직 깨어나지 못한 백성들은 그 파격적인 방식을 의심하고 불편하게 여겨 그의 행동을 어리석다고 생각할 것이기 때문이다. 그렇다면 '총명한 사람'은 어떤 사람일까? 그저 좋은 사람인 척, 민중들의 편에 서 있는 척 흉내만 내고 결과적으로는 주인의 편에 서 있는 사람이다.

그러면 샤위는 어떤 사람일까? 그야말로 '가장 어리석은 사람'이다. 따라서 〈약〉에서 샤위의 피가 샤오솬의 약으로 쓰인 장면은 '가장 어리석은 사람'을 쫓아낸 대가로 주인에게 수수 찌꺼기 한 줌을 얻는 노비의 모습과 비슷하다고 말할 수 있다. 다시 말해서, 혁명가의 죽음으로 인해 흘린 피가 구체제의 악습을 반복하는 비극적인 재료로 사용되는 것이다. 이렇게 정리해 놓고 보니 루쉰은 참 독한 사람이라는 생각도 든다. '새로운 세상으로 나아가려는 힘겨운 노력이 비참한 죽음으로 좌절되었다.' 정도로 멈추지 않고, '이 죽음 또한 구체제의 전통에 물들어 있는 이들의 손에 모욕적인 방식으로 소모되고 있다.'라고 서술하고 있으니 말이다. 정말 슬프고도 답답한 상황을 루쉰은 이처럼 절망적으로 그려내고 있다.

세 번째 질문, '까마귀'는 어떤 의미일까?

그렇다고 해서 루쉰이 완전히 희망을 버린 것은 아니다. 여기서 희망과 관련된 질문을 던져볼 수 있다. 그 질문은 '작품 마지막에 등장한 까마귀의 의미는 무엇일까?'이다. 일단 까마귀의 의미를 이야기하기 전에, 이 까마귀를 발견한 장소와 인물들에 대해 먼저 이야기할 필요가 있다. 샤오솬에게 샤위의 피를 적신 찐빵을 먹인 화라오솬은 아들이 금방 나을 것이라 믿고 있었다. 과연 샤오솬은 병을 치료할 수 있었을까? 당연히 샤오솬 또한 병을 치료하지 못하고 죽음을 맞았고, 하필이면 공교롭게도 샤오솬의 무덤과 샤위의 무덤은 오솔길을 사이에 두고 나란하게 놓이게 된다. 소설의 결말에서는 샤오솬의 어머니와 샤위의 어머니가 청명절을 맞이하여 성묘를 하는 장면을 보여준다. 샤위의 어머니는 억울하게 죽음을 맞은 아들의 무덤에서 거의 정신을 잃게 된다.

> 샤위의 무덤과 샤오솬의 무덤은 일자로 늘어서 있었다. 그 가운데로 오솔길 하나가 가로놓여 있을 뿐이었다. 화씨 댁은 여인이 네 접시의 찬과 밥 한 그릇을 차려놓고 선 채로 한바탕 곡을 한 뒤 지전을 사르는 걸 보면서 속으로 생각했다.

'저 무덤도 역시 아들인 모양이구나.'

그 늙은 여인이 주변을 빙 둘러보더니 별안간 수족을 떨면서 비틀비틀 몇 걸음을 물러서는 것이 아닌가. 휘둥그런 눈은 이미 넋이 나가 있었다. 이 모습을 본 화씨 댁은 그녀가 너무 상심해서 미쳐버리는 것이 아닌가 걱정이 되었다. 보다 못해 일어나 오솔길을 건너가 나직이 말을 걸었다.

"이봐요, 아주머니! 상심하지 마세요. 우리 같이 돌아가는 게 좋겠어요."

구습에 갇혀 변화하지 않은 중국의 현실에 의해 각각 다른 이유로 자식을 잃은 두 어머니는 이렇게 비참하고도 아이러니하게 만나게 된다. 그리고 화씨 부인이 샤위의 어머니를 애써 위로하는 장면은 안타깝고도 서글픈 감정을 불러일으킨다. 그리고 두 사람은 샤위의 무덤에서 곧 이상한 현상을 발견한다. 뿌리도 없는 붉고 흰 꽃들이 둥그런 원을 그리며 무덤을 에워싸고 있었기 때문이다. 이는 아마도 샤위의 죽음을 안타까워한 많은 동지들이 샤위의 무덤을 찾아와 헌화한 것으로 보인다. 그런데 이 장면을 본 샤위의 어머니는 이것을 영험한 계시라고 생각한다.

"위야, 놈들이 너에게 누명을 씌웠으니 도무지 억울하고 원통해서 잊질 못하는 거지. 그래서 오늘 영험을 부려 이 어미한테 알리려는 거

지?" (중략)

"알았다, 위야. 너를 모함해서 죽인 놈들이 가엾구나. 머지않아 천벌을 받고야 말 것이니. 하늘이 다 알고말고. 그러니 이제 눈을 감으면 돼. 네가 정말 여기 있어서 내 말을 알아들었다면 저 까마귀를 네 무덤 위로 날아오게 해서 나에게 보여주렴."

샤위의 어머니는 '까마귀'를 통해 아들의 영혼을 만나기를 기원한다. 그러나 까마귀를 통해 영혼과 교감하겠다는 생각 또한 전통적인 미신이라고 할 수 있다. 흥미롭게도 루쉰은 이런 점에서는 단호한 의지를 표명한다. 까마귀가 날아와 샤위의 어머니를 위로하는 것 같은 훈훈한 장면은 아예 연출하지 않았기 때문이다. 쭉 뻗은 가지 사이로 고개를 움츠리며 무쇠처럼 서 있던 까마귀는 결국 샤위의 어머니가 실망하면서 고개를 돌려 집으로 돌아가는 찰나에 두 날개를 펴고 화살처럼 먼 하늘을 향해 솟구쳐 날아가 버린다. 그런데 오히려 이 장면이야말로 루쉰이 말하는 희망이라고 볼 수 있지 않을까? 전통적인 관습에 의지하고 있는 샤위의 어머니에게 거짓 위로와 위안을 주는 대신, 새로운 세상을 향해 날아가는 까마귀의 모습을 마지막 장면에 배치함으로써 샤위의 죽음이 새로운 세상을 여는 열쇠가 될 것이라는 희망 말이다.

물론 루쉰에게 있어서 희망이란 그렇게 쉽게 찾아오는 것이 아니다. 루쉰은 '절망이 허망한 것은 희망과 마찬가지'라고 말하면서 함부로 절망에 빠지지 말라고 독려하면서도 미래에 대한 허황한 희망에 기대어 낙관론을 펼치는 것을 경계했다. 〈벽에 부딪힌 뒤〉라는 잡문에서 밝힌 바 있듯이, 루쉰은 당시 중국을 '앞으로 나아가지 못하게 하고 제자리에서 빙글빙글 돌게 만드는 귀신들'이 둘러친 벽으로 막힌 공간이라고 냉정하게 평가한다. 그런 답답한 공간 속에서 루쉰은 바보처럼 현실적 타협과는 거리가 먼 방식을 선택한다. 이러한 선택은 루쉰의 독특한 산문집 《들풀》에 수록된 〈길손〉이라는 작품에 잘 드러난다.

〈길손〉은 희곡처럼 세 명의 대화로 이루어진 작품이다. 일흔 살가량의 늙은이와 열 살가량의 여자아이가 살고 있는 흙집으로 어떤 길손이 찾아오게 되면서 이야기는 시작된다. 길손은 어디로 가는지도 모르고 언제부터 걸어왔는지도 모른 채 계속해서 앞으로 걸어가고 있는 인물이다. 길손이 길을 계속 가려고 하자, 늙은이는 이 앞쪽은 무덤이라 돌아가는 것이 좋겠다고 퉁명스럽게 대꾸한다. 길손은 그곳이 무덤임을 이미 알고 있으며 그 너머까지 가야 한다고 했다. 그리고 돌아가려고 해도 그곳은 이미 추방과 감옥, 눈물, 지주 등으로 가득한 공간이기에 되돌아가고 싶지 않다고 말한다. 그렇다면 적어도 쉬었다 가라는 말에도 길손은 병들고 지친 몸을 이끌고 다시 서쪽으로 길을 나선다.

이 〈길손〉에 묘사된 주인공 '길손'의 모습이 바로 루쉰이 생각하는 혁명가의 초상이라는 생각이 든다. 자신의 신념을 쉽게 이해받을 수도 없고, 타협할 수 있는 길이 언제나 자신을 유혹하지만, 그 모든 것을 힘겹게 거절하고 자신의 길을 향해 나서는 길손이야말로 샤위나 쉬시린과 같은 비극적 영웅들을 상징적으로 표현하고 있다. 그리고 어쩌면 이 길손은 루쉰 자신의 모습이기도 하다. 루쉰은 작품뿐 아니라 자신의 삶 속에서도 이런 비타협적인 삶을 살아온 보기 드문 작가이기 때문이다.

그러면 이 비극은 과연 비극으로만 끝날 것인가? 루쉰의 다른 글을 읽어보면 까마귀로 날아간 샤위의 처절한 복수가 나중에 어떤 식으로 이루어질 것인지 짐작할 만한 내용을 찾아볼 수 있다. 루쉰은 앞서 이야기했듯 중국 고전문학에 조예가 깊었다. 그래서 죽음을 거의 눈앞에 두었던 1930년대에 《고사신편(古事新編)》이라는 작품집을 출간하는데, 이 소설집에는 중국 고전을 새롭게 해석한 작품들이 실려 있다. 이 중에서 〈검을 만들다〉라는 작품을 주목할 만하다.

이 작품은 미간척이라는 인물의 복수에 대한 이야기이다. 미간척의 아버지는 나라에서 검을 가장 잘 만드는 명장이었는데, 왕에게 최고의 검을 만들어 주었다. 그런데 다른 사람에게 그와 같은 검을 또 만들어 줄 수도 있다는 왕의 의심을 받아 죽임을 당한다. 그 이야기를 들은 미간척은 아버지가 또 한 자루 남겨놓은 명검을 찾아낸 뒤 날카롭게 벼렸고, 그 검을 짊어지고 아버지의 복수를 위해 궁으로 떠난다. 하지만 왕이 이미 이 사실을 알고 있어 복수하기가 어렵게 되자, 또 다른 의인인 연지오자에게 칼과 자신의 머리를 맡겨 복수를 완성하고자 했다. 연지오자는 기묘한 술수로 이름을 떨쳐 왕에게 접근한 뒤, 황금 솥의 마법을 펼쳐 왕의 목을 자르게 된다.

〈검을 만들다〉는 중요한 한 가지 사실을 암시하고 있다. 샤워나 쉬시린처럼 죽어간 혁명가들은 그냥 사라지지 않으며, 어떤 방식으로든 다시 돌아와 그들을 죽음으로 몰고 갔던 권력자들의 운명을 끝장낼 수도 있음을, 그리고 그 복수는 끈질기고 집요할 것임을 이야기하고 있는 것이다. 이처럼 루쉰은 죽음이 가까워진 시기에도 치열한 복수를 꿈꾸고 있었던 듯하다.

3. 〈약〉 엮어 읽기 — 윤흥길, 〈장마〉

윤흥길의 〈장마〉는 1973년에 발표된 중편소설로, 한국전쟁 당시의 비극적인 가족 이야기를 '동만'이라는 아이의 눈을 통해 섬세하게 그려낸 작품이다. 국군 소위로 참전한 아들을 둔 외할머니와 빨치산이 되어 산속에 숨은 아들을 둔 친할머니의 갈등이 이 소설의 중심 사건으로 드러나 있다.

소설 초반에 외할머니는 국군 소위로 참전한 아들 길준이 사망했다는 통지를 받는다. 그 이후 사돈댁에 얹혀살고 있는 처지에도 아랑곳하지 않고, 아들의 죽음에 대한 분풀이라도 하듯이 빨갱이들에 대한 저주를 퍼붓는다. 아들 순철을 빨치산으로 보낸 친할머니 입장에서는 이런 사돈의 모습이 곱게 보이지 않았다. 그래서 두 사람은 크게 싸움을 벌이고, 끝내는 말 한마디 섞지 않는 사이가 되어버린다. 그러던 중 빨치산과 국군의 전투가 벌어져 많은 빨치산들이 죽게 된다. 그러나 친할머니는 아들이 절대 죽었을 리 없다고 확신하면서, 용한 무당에게 점괘를 받아 '아무 날 아무 시'에 아들이 돌아올 것이라고 믿는다. 그렇게 시간이 지나 받아놓은 날이 되었을 때, 기다리던 아들은 오지 않고 커다란 구렁이 한 마리가 나타난다. 친할머니는 그걸 보고는 슬픔과 좌절에 빠져 정신을 잃고 쓰러진다. 그런데 외할머니가 구렁이를 괴롭히던 동네 아이들을 쫓아낸 뒤에, 구렁이가 순철의 죽은 혼령이라고 생각하면서 좋은 말로 타이르고 달래서 무사히 보내준다. 깨어난 친할머니는 외할머니가 한 행동을 다 듣고는 깊은 감사를 표하면서 두 사람이 화해하게 된다. 그 뒤 일주일이 지났을 때쯤 친할머니는 기력을 다한 듯 조용히 세상을 떠난다. 그러고 나서 길었던 장마가 끝난다.

윤흥길의 〈장마〉와 루쉰의 〈약〉은 '위로'와 '전통에 대한 태도'라는 측면에서 비교해 읽어볼 만하다. 먼저 두 작품의 공통점은 '처지가 다른 두 어머니의 만남과 위로'라 할 수 있다. 〈약〉에서 샤위의 어머니와 샤오솬의 어머니는 전혀 다른 처지에 놓인 아들을 두고 있다. 어떻게 보면 두 사람은 갈등 관계에 놓여도 이상하지 않다. 샤오솬의 부모는 샤위의 죽음을 이용해서 아들을 치료하려고 했으니, 만약 이런 상황을 알았다면 샤위의 어머니는 샤오솬의 어머니를 미워했을 것이다. 그럼에도 불구하고 샤오솬의 어머니가 샤위 어머니의 슬픔을 위로하고 있는 장면은 상당히 인상적이다. 아들을 죽음으로 이끈 근본 원인이 무엇인지 짐작조차 할 수 없는 두 어머니가 두 아들의 무덤 앞에서 만나 위로를 건네는 장면은 비정한 상황 속에서도 사람 사이의 따뜻한 감정을 발견할 수 있는 몇 안 되는 순간이기 때문이다.

이런 맥락에서 〈장마〉의 마지막 부분도 〈약〉의 마지막 장면과 일맥상통한다. 외할머니가 친할머니의 슬픔을 이해하고 구렁이를 좋게 돌려보냈으며, 이를 알게 된 친할머니 또한 외할머니의 호의에 깊은 감사를 표하고 있기 때문이다. 이처럼 두 작품은 상반되는 처지에 있으면서도, 아들을 잃은 슬픔에 빠진 두 어머니가 감동적인 만남을 가지고 있다는 점에서 충분히 비교해 볼 만한 작품이다.

그런데 두 작품은 '전통에 대한 태도' 측면에서 서로 상반된다. 루쉰은 당시 중국 사람들을 사로잡고 있던 망령과 같은 '전통'에서 벗어나기를 바랐다. 루쉰은 〈약〉에서 전통적인 풍습이나 미신이 사람들을 옭아매고 있는 악습에 불과하다는 점을 강조하고 있다. 그래서 마지막 장면에서 까마귀가 원혼이 되어 자신에게 날아와 주기를 바라는 샤위 어머니의 바람이 이루어지지 않은 것이다.

반면에 〈장마〉에서 '전통'은 반대되는 역할을 하고 있다. 두 아들과 두 어머니를 갈라놓았던 '이념'이라는 것은 사실 근대의 산물이라고 볼 수 있다. 근대 이후에 유입된 자본주의와 공산주의라는 이념은 한반도를 둘로 갈라놓게 되었고, 그 이념에 따라 사람들은 서로 나뉘어 민족상잔의 비극을 초래하게 된 것이다. 그러나 그 내면에는 역사적인 경험 속에서 하나의 민족으로서 공유했던 전통적 가치들이 자리 잡고 있었다. 〈장마〉의 마지막 장면에서 친할머니와 외할머니 모두 '구렁이'를 '죽은 아들'이라고 자연스럽게 받아들일 수 있었던 것은 이념을 넘어선 민족적 전통으로 '샤머니즘'을 공유하고 있었기 때문이다.

이런 차이는 아마도 작품이 창작된 시기가 달라서 그런 것이 아닐까 싶다. 루쉰이 〈약〉을 쓴 1920년대의 중국은 전통이라는 이름으로 행해지던 악습의 폐해가 너무 커서 이를 극복하는 것이 우선 과제였다면, 윤흥길이 〈장마〉를 쓴 1970년대 한국에서는 근대적 이념 대립이 분단이라는 형태로 민족의 고통을 가중하고 있다는 점이 심각한 문제였기 때문에 이런 태도의 차이가 생겼다고 볼 수 있을 것이다.

쿵이지

孔乙己, 1919

사라져가는 것들의 무거운 의미

1. 〈쿵이지〉의 줄거리

루전의 주점에서 술을 데우는 직원으로 일하는 '나'는 선술집 손님으로 가끔 드나드는 '쿵이지'라는 인물을 인상 깊게 기억하고 있다. 쿵이지는 짧은 옷을 입은 날품팔이 가난뱅이들과는 달리 장삼(長衫)을 입은 인물이었지만, 하는 행동이 우스워 사람들에게 항상 무시를 당했다. 특히 과거 시험을 준비하느라 공부했던, 옛날 경전에서나 볼 수 있는 어휘와 말투를 실제 생활에서도 자꾸 사용하여 사람들의 웃음을 자아내곤 했다. 물론 그는 그렇게 공부를 열심히 하지도 않았고, 고주망태에 게으름뱅이였다. 게다가 남의 물건을 훔치는 등 나쁜 짓까지 종종 저지르곤 했다. 그럼에도 불구하고 '나'에게 글자 쓰는 법을 알려주겠다고 나서며 자신의 지식을 뽐내고 싶어 하는 독특한 인물이기도 했다. 그러던 어느 날 쿵이지는 딩 거인 집의 물건을 훔치다가 들켜서 매질을 당하고, 그로 인해 다리가 부러지게 된다. 그 이후 한동안 보이지 않던 쿵이지는 수척하고 볼품없는 몰골로 다시 주점에 나타난다. 매질의 후유증으로 결국 다리를 못 쓰게 된 그는 거적 위에 앉아 흙투성이 손으로 바닥을 짚고 몸을 끌어 주점까지 온 것이었다. 그는 다친 다리를 비웃는 사람들 속에서 술을 마신 뒤, 흙투성이 손으로 술값을 지불하고 다시 바닥을 짚어 거적에 앉은 몸을 끌며 천천히 주점을 나간다. 그에게는 아직 열아홉 푼의 외상값이 남아 있었지만, 그 이후 주점에 두 번 다시 나타나지 않았다.

2. 〈쿵이지〉 깊이 읽기

루쉰의 〈쿵이지〉는 1919년에 발표된 소설이다. 주인공의 이름을 제목으로 삼은 점에서 짐작할 수 있듯이, '쿵이지'라는 문제적 인물을 통해 당대 중국의 현실을 날카롭게 파헤치고 있다. 따라서 이 인물에 대한 세 가지 질문을 통해 소설에 대한 깊이 있는 이해를 이끌어내 보고자 한다.

첫 번째 질문, 쿵이지는 왜 사람들에게 무시당할까?

소설 초반부터 드러나듯이 쿵이지의 가장 두드러진 특징은 술집에 있는 모든 사람들이 그를 대놓고 무시하며 놀리고 있다는 점이다. 왜 사람들은 쿵이지를 무시하는 것일까?

소설 초반부에 묘사된 쿵이지의 옷만을 생각해 보면, 쿵이지는 술집에 드나드는 다른 사람들에게 무시당할 만한 처지의 인물은 아닌 듯하다. 다른 이들이 입은 짧은 길이의 옷과 달리, 쿵이지가 입은 '장삼'은 상류 계층이 입던 옷이기 때문이다. 보통 장삼을 입은 사람들은 건너편 내실로 거들먹거리며 들어가 술타령을 하며 느긋하게 마실 수 있는 부류였다. 하지만 쿵이지는 장삼을 입었음에도 기역자 모양의 선술 탁자에 기대어 불편하게 술을 마실 수밖에 없었다. 왜 그랬을까? 그것은 쿵이지의 장삼을 꼼꼼히 들여다보면 답을 찾을 수 있다. 그의 장삼은 10년 정도는 빨지도 꿰매지도 않은 옷이라 땟국에 절고 꾀죄죄하며 심지어 너덜너덜하다. 옷이 이렇게 낡고 해졌다는 것은 쿵이지의 신분이 원래는 상류층이었지만, 시간이 지나면서 차츰 몰락했음을 의미하고 있는 것이다.

옷차림새만 달랐던 것은 아니다. 쿵이지는 과거 시험 자체를 꿈도 꾸지 않았던 하층민들과 달리, 계속 글공부를 하면서 과거 시험에 응시했던 인물이었다. 물론 거듭된 실패로 집안은 몰락했고, 남은 것이라고는 과거 공부를 하며 습득한 낡은 지식뿐이었다. 이런 그에게는 생활을 제대로 꾸려갈 만한 능력이 없었을 테고, 그러니 경제적으로 점점 비참한 처지로 떨어질 수밖에 없었다.

쿵이지의 모습은 조선 후기의 몰락 양반들을 떠올리게 한다. 박인로의 〈누항사(陋巷詞)〉라는 가사 작품을 보면, 임진왜란 이후 몰락한 경제적 상황으로 인해 어쩔 수 없이 직접 농사일에 나선 한 양반이 곤궁하고 난감한 처지를 씁쓸하게 고백하는 내용이 담겨 있다. 물론 시간적으로야 차이가 나지만, 생활적인 면에서 무기력한 백면서생(白面書生)의 처지를 구체적으로 드러내고 있다는 점은 비슷하다.

〈누항사〉의 박인로는 서툴게나마 농사일이라도 직접 나서보려 했지만, 쿵이지는 농사일조차도 할 수 있는 형편이 아니었던 것 같다. 그가 할 수 있었던 것은 책을 베껴 써주는 일 정도였는데, 그마저도 부지런히 하지 않아 일이 끊기게 된다. 결국 그는 좀도둑질로 연명하는 비참한 처지가 되고 만다. 이런 상황에도 불구하고 쿵이지는 돈이 생길 때마다 술집에 가서 몇 푼 안 되는 돈을 내밀어 술을 마시고, 주변 사람들에게 우스꽝스러운 모습을 보인다. 그러다 보니 사람들에게 비웃음을 사게 된 것이다.

더러는 이웃 꼬마들이 웃음소리를 듣고 부리나케 달려와 쿵이지 주변을 둘러싸는 것이었다. 그는 그들에게 회향두(茴香豆, 누에콩으로 만든 음식의 한 종류) 하나씩을 나눠주었다. 아이들은 콩을 다 먹고 나서도 접시를 빤히 쳐다보면서 도무지 흩어지질 않았다. 그러면 쿵이지는 허둥지둥 다섯 손가락으로 접시를 덮고 허리를 숙이며 말했다.

"이제 없어. 나도 이제 별로 남은 게 없다고."

그러고는 몸을 펴고 다시 콩을 살펴본 뒤 고개를 젓는 것이었다.

"많지 않다, 많지 않다! 많은가? 많지 않도다."

그러면 꼬마들이 낄낄대며 흩어졌다.

아이들에게 자신이 먹을 콩을 나눠주는 쿵이지의 모습을 보면 그가 그렇게 나쁜 사람은 아닌 듯하다. 하지만 냉정하게 말해 한낱 좀도둑에 불과한데, 사극에서나 볼 법한 고색창연한 말투로 잔뜩 허세를 부리는 쿵이지의 모습을 보면서 주변 사람들은 웃음을 참지 못한다. 특히 '회향두(茴香豆)'라는 단어 중 '회(茴)' 자 쓰는 방법을 화자인 '나'에게 가르쳐주려고 하는 장면은 비웃음을 넘어 애처로운 감정마저 자아낸다. 바뀐 시대와 처지에 적응하지 못한 채 과거에 사로잡혀 우스꽝스러운 행동을 반복하는 쿵이지는 이렇게 주변 사람들에게 점점 무시당하게 된다.

두 번째 질문, 쿵이지의 말투는 어떤 의미를 가지고 있을까?

소설에서 쿵이지의 특이한 말투는 여러 번 등장하여 사람들에게 웃음을 주고 있다. 그렇다면 작가는 단순히 주변 사람들에게 웃음을 주기 위한 장치로 쿵이지의 말투를 설정한 것일까? 당시 중국의 문화적 분위기를 살펴보았을 때 아무래도 이것은 작가의 다른 의도가 개입된 듯하다.

앞의 인용문에서도 "많은가? 많지 않도다."와 같이 쿵이지의 특이한 말투가 드러난다. 이 부분의 원문은 "多乎哉? 不多也."이다.

이는 현대 중국어에서는 잘 쓰지 않는 옛날식 한자 표현이다. 루쉰은 쿵이지의 이런 말투를 통해 당시 중국 사회가 직면한 중요한 문제를 제기하고 있다. 바로 중국어 문체의 문제이다. 중국어를 한자로 표기할 때, 한자는 표의문자이므로 뜻에 해당하는 모든 한자를 외워서 써야 하는 어려움을 기본적으로 가지고 있다. 그리고 글쓰기를 할 때도 실제 생활어와 맞지 않는 고전적인 문어(文語) 투로 글을 쓰다 보니, 한문 고전에 대한 충분한 이해와 글쓰기 연습 없이는 읽고 쓰기가 쉽지 않았다. 이런 상황이 오랫동안 계속되면서 소수의 계층만이 글을 읽고 쓸 수 있는 특권을 누리게 되었다. 다행히 우리는 세종대왕이 이런 문제점을 인지하고 '한글'이라는 편리한 표음문자를 만들어냈지만, 중국은 그렇지 못했던 것이다.

루쉰은 이런 상황이 옳지 않다고 여겼다. 좀 더 많은 이들이 편리하게 글을 읽고 쓸 수 있도록 보다 쉬운 문체를 써야 한다고 생각했다. 그래서 당나라 시대부터 시작되어 송, 원, 명, 청 시대를 거치면서 확립된 구어체 문체인 '백화(白話)'에 주목했다. 물론 루쉰만이 이런 생각을 한 것은 아니었다. 이처럼 중국 근대화 시기에 표기법을 구어체로 바꾸자는 운동을 '백화운동'이라고 하는데, 1917년경 루쉰이 활동하던 《신청년》이라는 잡지에서 후스, 천두슈 같은 사상가들이 본격적으로 백화문을 옹호하는 주장을 전개해 나갔고, 루쉰 또한 이런 흐름에 동조했다. 루쉰은 자신이 처음으로 발표한 〈광인일기〉에서 일기 부분을 백화문으로 썼을 뿐 아니라, 고전의 문언(文言)에 여전히 집착하는 이들과 글을 통해 치열하게 논쟁을 벌이기도 했다. 이와 같은 루쉰의 생각은 〈소리 없는 중국〉이라는 글에 더욱 잘 드러나 있다.

> 우리가 고대의 말을 하고 있고, 말해봤자 사람들이 알지 못하고 듣지 못하는 말을 하고 있기 때문에, 이미 흩어진 모래알처럼 되어 서로 깊은 관심을 가지지 않고 있습니다. 우리가 소생하려면 우선 청년들이 더는 공자, 맹자나 한유, 유종원이 한 말을 되풀이하지 말아야 합니다. 시대가 달라졌고 사정도 다릅니다. 공자 시대의 홍콩은 이렇지 않았습니다. 공자의 말투로 '홍콩론'을 쓸 수는 없습니다. "오호! 아득하구나, 홍콩이녀!"라고 한다면 그것은 웃음거리에 지나지 않을 것입니다.

이와 같은 맥락에서 보면 루쉰이 쿵이지의 말투를 소설 속에 등장시킨 것은 상당히 의도적이라 할 수 있다. 일상생활에 적합하지도 않은 옛날식 문어체 표현을 호기롭게 사용하는 쿵이지를 소설의 한가운데 놓아두고 풍자의 대상으로 삼은 것은, 백화문을 반대하는 세력들의 시대착오적인 주장에 대한 날카로운 비판이 담긴 것으로 읽을 수 있기 때문이다. 백화문뿐 아니라 루쉰은 중국의 고전에 집착하고 옹호하는 이들에 대해 날카로운 비판을 멈추지 않았다. 예를 들어 〈가오 선생〉 같은 작품을 통해서도 루쉰은 새로운 학문에는 관심도 없이 마작판이나 기웃거리면서 기껏 과거의 학문을 우려먹는 수준에 그치는 속물적 지식인의 모습을 풍자적으로 그려내었다.

물론 루쉰이 중국 고전을 잘 몰라서 그런 것은 아니다. 루쉰은 비석의 글자를 뜨는 탁본을 통해 글씨체를 본격적으로 탐구하기도 했고, 대학에서 중국 고전문학사를 강의할 정도로 고전에 능숙한 학자이기도 했다. 그럼에도 불구하고 루쉰은 과거에 집착하는 것이 새로운 세상을 맞이하는 데는 그리 좋은 일이 아니라고 생각했다. 그런 생각이 극단적으로 드러난 사건이 바로 '청년필독서' 사건이다.

《징바오 부간》이라는 잡지에서 당시 유명한 저자들에게 청년들이 읽을 만한 필독서를 추천해 달라는 설문을 보냈는데, 루쉰도 이를 받았다. 그 설문에 대한 루쉰의 대답이 걸작이었는데, 다음과 같다.

- 청년 필독서: 여태껏 관심을 가진 적이 없어서 지금 말할 수 없다.
- 부주(附註): 나는 중국 책은 적게 보거나 혹은 아예 보지 말아야 하며, 외국 책은 많이 보아야 한다고 생각한다. 중국 책을 적게 보면, 그 결과는 글을 짓지 못할 따름이다. 그러나 지금의 젊은이들에게 가장 중요한 것은 '실천'이지 '말'이 아니다. 오직 살아 있는 사람이기만 하다면, 글을 짓지 못한다는 게 뭐 그리 대수로운 일

이겠는가!

루쉰은 청년 필독서에는 관심이 없고, 중국 책은 되도록 읽지 말라고 답했다. 만약 오늘날 이렇게 설문에 답했다면 아마도 한동안 SNS가 시끌시끌했을 것이다. 물론 그때도 루쉰은 엄청난 비난을 받았다. 그럼에도 불구하고 루쉰이 이런 답을 내놓았던 것은 고전을 껴안고 보물처럼 여기는 이들에게 충격을 주기 위해서가 아니었을까 싶다. 루쉰은 이토록 치열하게 잘못된 전통과 결별하려고 노력했다.

그리고 이 지점에서 루쉰이 본격적으로 비판하고 있는 또 하나의 대상은 바로 과거제도이다. 쿵이지가 왜 이런 말투를 쓰는지를 생각해 보면, 가장 중요한 원인으로 과거제도를 들 수 있기 때문이다. 과거 시험에 합격하기 위해 고전 어투로 서술된 유학 경전을 공부하다 보니 쿵이지가 이상한 말투를 쓰게 된 것이다. 과거제도는 이미 1905년에 폐지되었지만, 과학기술의 발전과 함께 모든 것이 급변해 가는 새로운 시대에 케케묵은 고전을 달달 외우는 것으로 관리를 채용했던 오래된 관행으로 인해 새로운 교육제도가 보급되고 있음에도 불구하고 유학의 경전을 맹신하는 습성은 여전히 고쳐지지 않았던 것이다. 그래서 루쉰은 과거제도의 희생양으로 몰락해 가는 쿵이지의 모습을 그토록 애잔하게 그려냈다.

또 한 가지 과거제도와 관련해서 짚어볼 부분은 루쉰의 슬픈 가족사이다. 루쉰의 집안은 과거 시험에서 부정행위를 저지른 할아버지 저우푸칭 때문에 하루아침에 몰락해 버리고 말았다. 사실 루쉰도 일본 유학을 가기 전에 어머니의 권유로 과거에 억지로 응시했던 이력이 있었다고 하니, 루쉰 개인에게도 과거제도는 악몽 같은 존재가 아니었을까 생각해 볼 수 있다.

그런데 이 과거제도와 관련해서 〈쿵이지〉보다 더 주목할 만한 작품이 있다. 1922년 6월에 발표된 〈흰빛〉이라는 작품이다. 이 작품은 과거 시험에 여러 번 응시했으나 계속 떨어진 '천스청'이라는 인물의 이야기다. 천스청은 평소에 아이들에게 글을 가르치는 서당의 훈장으로 일하면서 신분 상승을 위해 계속 과거 시험에 응시하지만, 열여섯 번이나 떨어져 충격에 사로잡히게 된다. 이 충격으로 그는 정신착란 증상을 겪게 된다. 과거 시험에 떨어질 때마다 그 좌절감으로 인해 발작을 일으켰던 천스청은 열여섯 번째 낙방 후에는 눈앞에 일렁이는 '흰빛'의 소리를 따라 금과 은이 묻힌 곳을 찾기 위해 집 안의 바닥 전체를 파헤치게 된다. 썩은 뼈다귀만 나올 뿐이라 실망할 때쯤, 다시 들려온 흰빛의 음성에 이끌려 산으로 올라갔고 결국에는 호수에 뛰어들어 죽음을 맞는다. 죽은 천스청의 손톱 밑에 강바닥 진흙이 잔뜩 끼어 있었던 것으로 보아, 호수 바닥에 금과 은이 묻혀 있다는 흰빛의 소리를 따라 호수에 뛰어들었다가 익사한 것으로 추측할 수 있다.

이처럼 〈흰빛〉은 과거제도가 한 인간을 얼마나 처절하게 파괴하는지를 비극적으로 표현하고 있는 작품이다. 〈쿵이지〉 또한 과거제도의 희생양으로 몰락한 인물을 선명하게 묘사하고 있지만, 열여섯 번이나 과거에 떨어져 인생 자체가 산산조각이 나버린 한 인물의 광기 어린 죽음을 싸늘하게 묘사한 〈흰빛〉은 중국 과거제도와 그에 기생했던 유교 경전 맹신주의에 대한 루쉰의 강렬한 비판의식을 가장 잘 보여주는 작품이 아닐까 싶다.

세 번째 질문, 인간 쿵이지를 어떻게 볼 것인가?

쿵이지는 시대의 변화를 읽지 못한 채 점점 역사의 뒤안길로 사라져가는 인물을 대표하는 것으로 보인다. 앞서 쿵이지가 아이들에게 했던 "多乎哉? 不多也."라는 말은 공자가 쓴 《논어》 〈자한(子罕)〉 편에 나오는 표현인데, 그 부분의 내용이 쿵이지의 처지와 묘하게 겹친다.

태재가 자공에게 물었다.

"선생님은 성인이신가? 어찌 그렇게 다방면에 재능이 있으신가?"

자공이 대답했다.

"본래 하늘이 그분을 큰 성인으로 삼고자 했으므로 또한 다방면에 재능이 있으십니다."

공자께서 그 말을 듣고 말씀하셨다.

"태재가 나를 알겠는가? 나는 젊어서 비천했으므로 다방면의 비루한 일에 능한 것이다. 군자가 여러 가지 일에 능할까? 그렇지 않다."

쿵이지는 자신의 무능함을 타박하는 사람들 사이에서 군자는 다재다능할 필요가 없다는 말을 은근슬쩍 인용한 것이다. 이런 문장 센스를 가진 쿵이지였기에, 만약 유학이 근본이었던 시대를 살았다면 나름 괜찮은 인물로 평가받을 수도 있었을 것이다. 하지만 새로운 학문과 문화가 펼쳐졌던 루쉰의 시대에는 결코 괜찮은 인물로 살아갈 수 없었다. 그렇기에 소설의 결말에 드러난 그의 뒷모습은 쓸쓸하고 애처롭다. 그러나 과거제도의 해독에 희생되어 비참한 결말을 맞고 있는 그 고루한 삶을 무턱대고 옹호할 수도 없는 노릇이다. 그런데 왕푸런이라는 학자가 〈쿵이지〉를 흥미롭게 해석한 내용이 있어 소개하려 한다. 그의 연구에 따르면 '쿵이지'라는 인물을 완전히 새롭게 볼 가능성이 생긴다.

왕푸런은 〈쿵이지〉의 공간을 분석하면서, 루전의 술집 구조가 사회 전체를 축소한 공간이라고 설명한다. 즉 술집 구조로 보았을 때 '술청 바깥'은 '노동'에 의지하는 삶을 살아가는 '협수룩한 손님들의 공간'이며, '술청 안쪽'은 '돈'에 의지하는 '주인과 일꾼들의 공간'이며, '점포 안 안방'은 '권력'에 의지하는 '장삼을 입은 손님들의 공간'으로 구분할 수 있다. 다시 말해서, 각각 '노동의 세상', '돈의 세상', '권력의 세상'인 셈이다.

그런데 쿵이지는 이 세 공간 어디에도 잘 어울리지 못하는, 오래

되고 쓸모없는 '교양'만을 가지고 있는 인물이라고 할 수 있다. 즉 쿵이지는 자본과 권력이 지배하는 세상에서, 노동자들의 편에도 서지 못한 채 그 어느 곳에도 어울리지 못하는 인물이다. 따라서 그는 자신의 독립적인 공간도 없고, 사회에서 인정받은 확정된 신분도 없으며, 다른 사람들이 인정해 주지도 않는 자신의 공부에만 열중하는 인물로 볼 수 있다.

> '회' 자를 쓰는 방법이 네 가지나 있는 줄 아는 것과 그것을 쓰는 방법이 네 가지나 있는 줄 모르는 것은 어떤 차이가 있는가? 이는 쿵이지 자신만이 알 수 있을지 모른다. 다른 사람은 그의 해석을 듣고 싶어 하지도, 그의 해석이 필요하지도 않고, 물론 알 수도 없다. 이는 바로 우리가 루쉰 소설에 '사회학적 연구 방법', '역사학적 연구 방법', '심리학적 연구 방법'이 있고, 지금은 또 무슨 '서사학적 연구 방법'이 생겼다고 말하는 것과 같다. (중략) 이로부터 나는 나를 비롯해서 나와 비슷한 중국의 지식인들이 모두 쿵이지를 닮았다고 느낀다.

하지만 놀랍게도 왕푸런은 루쉰 문학을 대학에서 연구하고 있는 자신의 모습이 바로 오늘날의 '쿵이지'라고 자조적으로 이야기하고 있다. 따지고 보면 요즘 세상에 '루쉰 문학 연구 방법'과 같은 내용에 관심을 가질 만한 사람들이 얼마나 있을까? 루전의 술집에서 '회향두'의 '회(茴)' 자를 쓰는 방법 네 가지에 다들 관심이 없는 것만큼 무관심할 것 같다. 권력이나 돈에 관심을 가지지도 않고 오로지 문학 연구에만 집중하는 백면서생으로서의 지식인. 이렇게 보니 쿵이지와 많이 닮아 있는 듯하다.

이렇게 보니 한국 사회에도 쿵이지들이 많다는 생각이 든다. '문송합니다'라는 자조적인 표현이 유행한 것에서 알 수 있듯이, 오늘날 한국 사회 전반에서 인문학에 대한 관심이 급속도로 사라져가는 추세는 하루 이틀의 일이 아니다. 중등교육에서든 고등교육에서든 인문학을 말하는 이들은 아무래도 조만간 쿵이지와 같은 운명을 맞이하지 않을까 하는 안타까운 생각이 들기도 한다. 그런 점에서 다리가 부러진 채 쓸쓸히 사라져간 쿵이지의 마지막 뒷모습은 우리 사회의 쿵이지들이 앞으로 맞이하게 될 비극적인 결말을 암시하는 것인지도 모르겠다. 이렇게 보면 〈쿵이지〉는 다가올 미래를 암시하는 일종의 비극적 공포소설로도 읽힐 수 있을 것이다.

그런데 루쉰은 이런 문제에 대해서도 자신의 관점을 뚜렷하게 세우고 있다. 그가 젊은 시절이던 1907년에 동서양의 문화를 비교하여 야심만만하게 쓴 글인 〈문화편향론〉에서 루쉰은 중국보다 훨씬 앞서 있는 서양의 물질문명을 중시하고 진지하게 받아들이는 것은 옳지만, 그 근본에는 '사람을 확립하는 일(立人)'이 있어야 한다고 강력하게 주장했다.

그렇지만 구미의 열강이 모두 물질과 다수로써 세계에 빛을 드리우고 있는 것은 그 근저에 인간이 놓여 있기 때문이다. 물질이나 다수는 다만 말단적인 현상일 뿐이며, 근원은 깊어 통찰하기 어렵고 화려한 꽃은 드러나게 마련이어서 쉽게 눈에 띄는 법이다. 이 때문에 천지 사이에서 살아가면서 열강과 각축을 벌이려면 가장 중요한 것은 사람을 확립하는 일이다. 사람이 확립된 이후에는 어떤 일이라도 할 수 있다.

루쉰의 충고는 벌써 100년이 훨씬 넘은 것이지만, 오늘날 한국 사회에도 그대로 들어맞는다는 생각이 든다. 지금 학교에서 공부하는 학생들에게 가장 필요한 것이 과연 반도체를 잘 만들기 위한 기술 교육일까, 아니면 개성적인 인간으로 똑바로 설 수 있도록 도울 수 있는 교육일까? 치열한 경쟁 속에서 쓸모 있는 인간을 추려내겠다는 교육을 지속하다가는 쿵이지처럼 비참한 결말을 맞이하는 사람들이 점점 늘어날지도 모른다.

3. 〈쿵이지〉 엮어 읽기 — 이태준, 〈달밤〉

이태준의 〈달밤〉은 1933년에 발표된 단편소설로, 성북동으로 이사한 뒤 만나게 된 '황수건'이라는 독특한 인물의 이야기를 안타까운 시선으로 그려낸 작품이다. 이태준 작가가 당시에 이사한 집이 '수연산방(壽硯山房)'이라는 이름으로 아직도 성북동에 남아 있다는 점을 고려하면, 이 소설은 작가의 실제 경험과 상당 부분 연관된 것으로 볼 수 있다. 지금이야 성북동이 서울의 중심지에서도 비교적 가깝고 고급 저택들이 즐비한 유명 동네지만, 이 소설이 창작될 당시에는 서울에 편입되지도 않았으며 개발도 아직 되지 않은 한적한 동네였다.

소설 속 '나'는 성북동으로 이사한 뒤 변화한 서울에서 경험할 수 없었던 시골의 정취를 느끼게 되고, 그런 정취는 황수건이라는 인물을 통해 더욱 선명해진다. 황수건은 어딘가 어리숙하고 순진하며 지적으로 약간 떨어지고 우둔한 면이 있지만, 천진난만한 눈으로 순박한 마음을 어눌하게나마 표현할 줄 아는 인물이었기 때문이다.

'나'는 황수건과 이야기 나누는 것을 즐거워한다. '아무것도 아닌 것을 가지고 열심히 이야기'하는 황수건을 보면서, '그와는 아무리 오래 지껄이고 나도 웃음밖에는 남는 것이 없어 기분이 거뜬'해진다고 느끼기 때문이다.

황수건은 신문 배달원으로, 신문을 배달하다가 '나'와 만나게 된다. 원래는 배달하는 사람이 따로 있는데, 혼자 배달하기 힘들어서 20부 정도를 황수건에게 떼어준 것이다. 이를 테면 보조 배달원이다. 황수건은 온전한 배달원이 되기를 간절하게 바랐지만 뭔가 나사 하나가 빠진 듯한 그에게 배달원을 맡기기는 어려웠다. 그런데 그나마 있던 보조 배달 자리도 없어지고, 곧 다른 사람이 신문 배달을 대신하게 된다. 바뀐 신문 배달원을 보며 '나'는 세상의 야박함에 아쉬움과 원망을 느낀다.

그러던 어느 날 황수건이 갑자기 '나'를 찾아온다. '나'는 황수건이 잘 지내기를 바라며 참외 장사라도 하라고 돈을 얼마 정도 주었다. 돈을 받은 황수건은 깊은 감사를 표하며 참외 세 개를 가져다준다. 그러나 그 뒤로도 황수건의 일은 잘 풀리지 않는다. 참외 장사도 잘 되지 않았고, 사이가 좋았던 아내도 동서의 시집살이에 못 이겨 도망치고 만다.

그러던 어느 날 황수건이 포도 여섯 송이를 '나'에게 가져온다. 하지만 이 포도는 과수원에서 훔친 것이라 과수원 주인이 와서 황수건의 멱살을 잡아 끌고 나간다. '나'는 부랴부랴 대신 돈을 치르고 주인을 말렸지만, 그 사이에 황수건은 사라지고 만다. '나'는 물건을 훔쳐서라도 자신에게 고마움을 표시하려 했던 황수건의 마음씨를 생각하며 포도를 아껴 먹었다.

그러던 어느 달밤에 술에 취해 비틀거리며 걸어가는 황수건의 모습을 먼발치에서 보게 된다. 무안해할까 봐 멀리 떨어져서 지켜보니, 길은 보지도 않고 달만 쳐다보며 쓸쓸하게 걸어가는 황수건의 뒷모습에 '나'는 안타까움을 느낀다.

〈달밤〉은 몇 가지 점에서 〈쿵이지〉와 비교해 볼 만하다. 두 작품은 한 인물에 대한 관찰로 소설이 진행되고 있다는 점, 그 인물이 몰락해 가는 과정을 묘사하고 있다는 점, 주인공이 모두 시대에 뒤

떨어진 인물이라는 점에서 유사하다. 〈쿵이지〉가 더 이상 과거 경전의 지식이 중요하게 받아들여지지 않는 시대에 그것에서 벗어나지 못하고 점점 소외되어 가는 인물의 모습을 보여주고 있다면, 〈달밤〉은 전통 사회에서는 그래도 구성원으로 받아들여질 수 있었던 황수건 같은 순박한 인물이 시대가 바뀌면서 자기의 자리를 찾지 못하고 점점 소외되어 가는 과정을 보여주고 있다.

그러나 두 작품은 인물을 바라보는 관점에서는 차이를 보인다. 루쉰은 쿵이지에 대해 안타까움이나 연민 같은 감정을 표현하기보다는 오히려 시대에 뒤떨어진 인물의 처참한 몰락상을 냉정하게 묘사하고 있다. 다시 말해서, 사라져가는 것들이 안타깝기는 하지만 거기에 어떤 가치를 부여하지는 않고 있다는 말이다. 반면 〈달밤〉에서 이태준은 어리숙하고 순진한 인물이 점점 세상의 뒤편으로 사라져가는 것에 대해 안타까움을 넘어 약간의 서글픔마저 느끼고 있는 듯하다. 이러한 태도는 이태준의 다른 작품에서도 나타난다. 소설 〈패강랭〉에서는 사라져버린 조선의 정취에 대한 아쉬움을, 수필집 《무서록》에서는 오래된 물건들에 대한 각별한 애착을 읽을 수 있다.

이러한 차이는 아무래도 변화하는 세상에 대한 작가의 태도에서 비롯된 것 같다. 루쉰은 과거의 잘못된 전통과 서둘러 작별하고 새로운 세상을 향해 나아가기를 간절하게 바랐던 반면, 이태준은 급격한 변화로 인해 우리가 잃어버리고 있는 것들의 소중함을 되새겨 보는 데 초점을 맞추고 있기 때문이다. 이 두 편의 소설을 보면서, 우리 주변에서 사라져가는 것들에 대해 어떻게 이해해야 할지 한번 생각해 볼 수 있을 듯하다.

고향

故鄕, 1921

새로운 세대를 향한 끈질긴 싸움

1. 〈고향〉의 줄거리

'나'는 고향 집을 정리하기 위해 20여 년 만에 고향으로 돌아온다. 돌아온 뒤 고향의 모습을 살펴보면서, 어린 시절에 행복한 시간을 보냈던 아름다운 고향이 삭막하게 변한 것에 안타까움을 느낀다. 주변 환경의 삭막함뿐만 아니라 동네 사람들의 이기적인 태도를 보면서 고향에 대한 실망감은 더욱 커진다. 그러다가 어린 시절 친하게 지냈던 '룬투'의 소식을 듣고, 과거의 즐거웠던 기억들이 떠올라 약간은 마음이 들뜨게 된다. 그러나 막상 룬투를 만나자 세상의 풍파를 겪고 늙어버린 모습에 어색함을 느끼고, 특히 룬투가 '나'를 향해 '나으리'라고 부르는 데 충격을 받게 된다. 이런저런 이야기를 나눠보기도 하지만 과거에 느꼈던 인간적인 친밀감은 느낄 수 없었으며, 팍팍한 살림살이에 치여 어떻게든 쓸 만한 물건을 챙기기에 급급한 룬투의 모습에 실망감과 거리감만 더해진다.

그렇게 서글픈 마음을 안고 고향을 떠날 때, 여덟 살 난 조카 훙얼이 건넨 말이 '나'에게 고향에 대한 새로운 감정을 불러일으킨다. 훙얼이 룬투의 아들 수이성과 짧은 시간 동안 친해져 수이성을 보고 싶은 마음에 빠른 시일 내에 고향으로 돌아오고 싶다고 말한 것이다. '나'는 훙얼의 말을 들으면서 과거에 '나'와 룬투의 관계가 지금 훙얼과 수이성의 관계로 반복되고 있음을 깨닫는다. 그 생각과 동시에 자신들이 경험했던 비극이 이 아이들에게는 다시는 반복되지 않기를 바라는 작은 소망을 품게 된다.

2. 〈고향〉 깊이 읽기

이 소설은 루쉰의 개인적 체험이 반영된 작품으로 볼 수 있다. 앞서 루쉰의 삶을 다룬 글에서도 밝혔지만, 루쉰의 가문은 과거에 상당한 권세를 누리다가 과거 시험과 결부된 불미스러운 사건으로 인해 점점 몰락했다. 결국 루쉰 대에 이르러서는 샤오싱에 있던 고향 집을 더 이상 유지하지 못하고, 루쉰이 당시 거주하고 있던 베이징으로 가족 전체가 이사하는 지경에 이른다. 그 이사 과정에서 루쉰이 직접 경험했던 사건들을 소설 형태로 재구성한 작품이 바로 이 〈고향〉이다. 그러다 보니 루쉰은 이사 과정에서 실제로 경험했던 고향의 이모저모를 소설 속에 여러 형태로 묘사하고 있다.

이 소설에서 '고향'의 모습은 크게 세 가지로 구분되어 나타난다. 화자인 '나'가 기억하고 있는 과거의 고향이 첫 번째이고, 이사하는 과정에서 오랜만에 귀향한 뒤 경험하고 있는 현재의 고향이 두 번째, 그리고 훙얼과 수이성이 만나게 될, 혹은 만나야 할 미래의 고향이 세 번째이다. 이 세 가지 고향이 작품 속에 어떻게 그려지고 있을까?

첫 번째 질문, 과거의 고향은 어떤 공간일까?

소설 속 '나'가 경험한 과거의 고향은 과연 어떤 모습이었을까? 루쉰은 자신이 기억하는 과거의 고향을 아주 근사하게 묘사하고 있다.

> 이때 갑자기 신비로운 그림 하나가 머리에 떠올랐다. 검푸른 하늘에 황금빛 보름달이 걸려 있고, 그 아래 해변 백사장엔 파아란 수박밭이 끝없이 펼쳐져 있었다. 그 사이로 목에 은목걸이를 한 열한두 살 정도 된 소년이 '차(오소리의 일종)'라는 놈을 향해 힘껏 작살을 던지고 있었다. 하지만 놈은 재빠르게 방향을 틀더니 오히려 소년의 가랑이 사이로 쏙 빠져 도망가 버리고 마는 것이었다. 이 소년이 바로 룬투였다.

작품 초반에 삭막하고 피폐하게 묘사되어 마치 음울한 흑백사

진같이 느껴지는 현재 고향에 비해, 기억 속 과거의 고향은 '황금빛 보름달', '해변 백사장', '파아란 수박밭' 등의 표현을 통해 색채감을 적극적으로 드러내어 오히려 밝은 컬러사진의 느낌을 주고 있다. 이 맑고 깨끗한 과거의 아름다운 고향을 즉각적으로 떠오르게 하는 인물이 바로 룬투이다.

사실 룬투는 집안의 큰 제사를 지내기 위해 동원했던 일꾼의 아들이었다. 30여 년 전에는 '나'의 가문이 잘나가던 시절이었기 때문에 집안의 제사를 지내기 위해서 많은 일꾼이 동원되었고, 그때 '나'의 집으로 따라온 아이 가운데 한 명이 룬투였다. 당시 '나'는 그런 잘나가는 집안의 어엿한 도련님으로 대접받던 시기였으니, 어쩌면 룬투라는 이름은 과거의 위세 등등했던 가문의 영광을 소환하는 이름이라고 볼 수도 있을 것이다.

하지만 '나'에게 룬투는 단순히 일꾼의 아들이라는 존재만은 아니었다. 룬투는 '나'와 함께 들판을 누비며 산새를 대신 잡아주고, 세상이 숨기고 있는 신비로운 이야기들을 들려주던 멋진 영웅이었다. '나'의 집안이 잘나가던 시절에는 오히려 신분의 차이가 더 명확했지만, 그럼에도 불구하고 그런 차이를 아랑곳하지 않은 채 순박한 마음으로 같이 어울렸던 아름다운 추억의 주인공이 바로 룬투였다. 그렇기에 '나'는 고향으로 돌아온 뒤 그의 이름을 듣고 과거의 행복한 기억에 잠깐이나마 젖을 수 있었다.

'나'의 기억 속 고향처럼 루쉰의 행복한 어린 시절을 떠올리게 하는 작품 가운데 하나가 〈지신제 연극〉이다. 베이징에서 경극을 보러 극장에 두 번이나 갔다가 두 번 다 사람들 사이에 끼어 불쾌함만을 느끼고는 전통극과 작별을 고했다는 고백과 함께 시작하는 이 소설은, 어린 시절에 본 멋진 연극에 대한 소중한 기억을 회고적으로 서술한다. 어린 시절에 10여 명의 친구들과 함께 모험을 떠나는 탐험대처럼 지붕이 하얀 배를 몰고 마을에서 5리쯤 떨어진 자오씨 마을에 연극을 보러 간 추억을 떠올린다. 그때 본 연극이 너무나 아름다운 추억으로 남아 있었기에 "그날 이후로 지금까지 그날 밤처럼 맛있는 콩을 먹은 적도 없고, 그날 밤처럼 재밌는 연극을 본 적도 없다."라고 쓰고 있다.

하지만 루쉰에게 과거의 기억은 그리 달콤한 것만은 아니었다. 루쉰의 산문집 《들풀》에 실려 있는 〈연〉을 보면 어린 시절에 동생과 함께 연을 날린 기억을 떠올리고 있는데, 그 기억은 전혀 달콤한 것이 아니었다. 동생이 연을 만드는 것을 못마땅하게 생각하여 연을 모조리 부러뜨린 못난 자신에 대한 기억이었다. 나이가 들어 중년이 되었을 때 아이들이 장난감을 가지고 노는 것은 당연한 일이라는 글을 읽고 형이라는 이유로 동생의 물건을 못 쓰게 만든 것을 사과하고 싶었지만, 그 사건을 기억조차 하지 못하는 동생에게 결국 용서를 받을 수 없었다는 것으로 이야기가 마무리된다. 결국 루쉰에게 그 일은 사라진 어린 시절의 추억과 함께 종잡을 수 없는 슬픔을 느끼게 한 사건이 된 것이다.

두 번째 질문, 현재의 고향은 어떤 느낌일까?

'나'가 과거의 고향에 대해 그리움의 정서를 느꼈다면, 현재의 고향에 대해서는 어떤 느낌일까? 현재의 고향을 상징하는 인상적인 인물이 작품 속에 등장한다. 어릴 적 동네에서 두부를 팔던 '양씨네 둘째 댁'인데, 예쁘장한 외모로 인해 '두부 서시(西施, 중국 춘추시대 월나라의 미인)'라는 별명으로 알려진 인물이었다. 그러나 현재는 과거의 예쁘장한 외모는 사라지고, 광대뼈가 불거지고 가냘픈 다리를 가진 컴퍼스 같은 모습으로 변해버리고 말았다. 이 '두부 서시'는 처음에는 아주 친한 척하면서 다가서지만, 나중에는 '나'의 집이 이사 가면서 남긴 세간을 챙기겠다는 이기적인 욕망을 드러내게 된다. '나'의 집이 가난 때문에 이사 간다는 사실을 알면서도 출세해서 좋겠다는 둥, 부자들이 더하다는 둥 알미운 말을 아무렇지 않게 하며 몰래 장갑을 훔쳐 가기도 한다. 여자들의 발을 동여매어 발의 모양을 조그맣게 만들어 버리는 중국 전통의 악습인 전족(纏足)을 했으면서도 물건을 훔쳐 재빠르게 달아나는 모습에는 기가 찰 지경이다. 이런 모습을 보며 '나'는 현재 고향 사람들이 보여주는 메마른 인정세태에 크게 실망한다.

물론 '두부 서시' 아주머니보다 더 큰 실망을 안겨준 인물은 '룬투'라고 볼 수 있다. 어린 시절 아름다운 추억을 함께했던 인물이지만, 현재의 룬투는 '나'를 과거처럼 격의 없이 대하지 않았다.

그는 멈춰 섰다. 반가움과 처량함이 섞인 표정이 얼굴에 역력히 드러났다. 입술을 움찔거렸지만 아무 소리도 나지 않았다. 마침내 그의 태도가 공손해지더니 분명하게 말했다.

"나으리……."

나는 오싹하게 소름이 돋는 듯했다. 우리 사이엔 이미 서글픈 두꺼운 장벽이 가로놓여 있었다. 나도 아무 말도 할 수 없었다.

신분의 차이를 뚜렷하게 느낄 수 있는 호칭인 '나으리'라는 말 앞에서, '나'는 쉽게 다가설 수 없는 '서글픈 두꺼운 장벽'을 느끼고 만다. 어머니가 옛날처럼 편하게 지내라고 옆에서 부추겨도 룬투는 말을 쉽게 놓지 못한다. 소나무 껍질같이 거칠고 울퉁불퉁한 손에서, 룬투가 그동안 흉년과 기근, 가혹한 세금, 그리고 각종 수탈에 시달리며 힘겨운 삶을 살아왔음을 알 수 있었다. 이로 인해 결국 그는 어린 시절 생기 넘쳤던 아이에서 석상이나 장승같이 무감각한 인물로 변해버리고 말았다. 이제 그에게 남은 것은 줄줄이 낳아놓은 아이들과 그들을 잘 건사하면서 살아가려는 욕망뿐이었다.

그러니 룬투가 '나'를 찾아와 인사를 한 것은 오래된 친구의 안부를 묻기 위해서가 아니었다. 두부 서시 아주머니가 그랬듯이, 이사 가는 집에서 무언가 챙기려는 의도가 있는 행동이었다. 룬투는 처음에 '나'의 집에 남아 있는 재를 달라고 한다. '나'는 농사에 거름으로 재가 필요할 것 같아 선선히 재를 가져다 쓰라고 했지만,

실제로 룬투가 재를 요구한 이유는 다른 데 있었다. 미리 빼돌린 집기를 재 속에 숨겨두었기 때문에 재를 달라고 한 것이다. 이렇게 거짓말까지 서슴지 않는 룬투의 모습을 보면서 '나'는 고향에 대한 실망감과 함께, 이렇게 사람들을 변하게 만든 세상의 삭막함에 정나미가 떨어지게 된다.

> 옛집은 내게서 점차 멀어져 갔다. 고향 산천도 점점 멀어져 갔다. 하지만 나는 일말의 미련도 느껴지지 않았다. 나는 그저 사방에 보이지 않는 담장이 쳐져 있고, 나 혼자 거기 남겨진 듯한 느낌이 들어 몹시 답답했다. 수박밭 꼬마 영웅의 영상은 더없이 또렷했건만 이젠 홀연 희미해져 버려, 그것이 나를 슬프게 했다.

어린 시절의 행복한 기억도 사라지고 지금 고향 사람들의 삶도 너무나 팍팍하다 보니, '나'는 고향에 일말의 미련도 가질 수 없었고 오히려 사방이 보이지 않는 담장으로 막혀 있는 듯한 절망감을 느끼게 된다.

루쉰의 단편 〈술집에서〉에는 이처럼 절망감에 사로잡혀 버린 인물이 등장한다. 고향 근처의 S시 술집에서 우연히 만난 뤼웨이푸와의 대화가 중심이 되는 이 작품에서, 주인공 뤼웨이푸는 세상을 향해 힘껏 날갯짓하며 날아올랐지만 파리처럼 작은 동심원을 그리며 다시 제자리로 돌아온 자신에 대한 절망감을 토로하고 있다.

연일 중국 개혁의 방법에 대해 열띠게 토론하던 그가 결국에는 현실에 발목이 잡혀 《시경》, 《맹자》 등을 가르친다. 이는 현실의 벽에 가로막힌 지식인의 비극적 결말을 묘사한 것이다. 루쉰은 이런 삶을 담담하게 묘사하면서도, 한편으로는 현실이라는 괴물에게 먹혀버리지 않기 위한 희망을 품고 있었다. 그 희망의 정체는 어떤 것일까?

세 번째 질문, 미래의 고향은 어떤 곳이어야 할까?

과거와 현재의 고향을 지나 '나'에게 미래의 고향은 과연 어떤 곳이어야 할까? 상실감과 좌절감에 사로잡혀 있던 '나'는 고향을 떠나는 뱃전에서 수이성이 보고 싶어서 고향에 다시 돌아오고 싶다는 훙얼의 말을 듣고 뭔가 멍한 느낌을 받는다. 절망 가득한 공간이라고 생각한 이 고향에 오히려 애착을 가지는 훙얼의 모습을 보며, 과거의 '나'와 룬투가 그러했듯이 훙얼과 수이성 또한 현재의 고향을 추억이 깃든 행복한 공간으로 여기고 있다는 사실을 깨달았기 때문이다. 그 순간 '나'는 지금 이 아이들의 미래에는 자신들에게 일어난 비극이 결코 반복되지 않아야 한다고 생각한다. 먼 훗날 고향에서 훙얼과 수이성이 만날 때는 어떤 '슬픈 장벽'도 없이 평등한 만남을 가질 수 있어야 한다는 것이다. 어떻게 해야 이런 세상을 만들 수 있을까?

'나'는 현재를 살아가는 사람들을 세 가지 유형으로 나누고 있다. 첫 번째는 '나'와 같은 부류이다. 세상을 바꾸기 위해 의기투합하여 노력하고 있지만, 그 과정에서 여러 곳을 전전하며 상처받고 힘들어하는 부류다. 두 번째 부류는 룬투와 같이 냉혹한 현실의 고통에 시달리면서 생각하기를 멈추고 삶에 마비된 사람들이다. 세 번째 부류는 두부 서시와 같이 고통스러운 현실 속에서 생각 없이 제멋대로 사는 사람들이다. 이 세 부류가 현재의 고향을 구성하고 있는 사람들이다.

'나'는 더 나은 세상을 위해서 훙얼과 수이성이 이런 사람들이 되어서는 안 된다고 생각한다. 먼저 룬투를 무감각하게 만들었던 현실의 고통이 사라져야 하기에 그를 억누르고 있던 신분이라는 오래된 관습을 타파해야 하고, 그의 삶을 그토록 피폐하게 만들었던 가혹한 세금, 그리고 관리들의 수탈과 같이 폭력적인 사회 구조들을 개혁해 나가야 할 것이다. 그리고 부조리한 현실을 개혁하기 위해 분투하고 있는 '나'가 현재 경험하고 있는 고립감과 좌절감도 공감과 연대를 통해 새로운 희망으로 바꾸어가야 할 것이다. 물론 고통스러운 현실을 직시하지 않고 그것에 편승하여 제멋대로 살아가는 두부 서시와 같은 사람이 되어서는 더더욱 안 될 것이다.

그러나 현재의 상황은 만만치 않았다. '나'는 현재의 상황을 사방이 보이지 않는 담장으로 막혀 있다고 느끼고 있다. 이러한 현실 인식은 이 작품이 실려 있는 《외침》이라는 소설집 서문에 잘 나타나 있다.

"가령 말일세, 창문도 없고 절대 부술 수도 없는 쇠로 만든 방이 하나 있다고 해보세. 그 안엔 많은 사람이 깊은 잠에 빠져 있는 상태야. 오래지 않아 모두 숨이 막혀 죽을 거야. 하지만 혼수상태에서 죽는 것이니 죽음의 비애 같은 건 느끼지 못할 거야. 지금 자네가 고래고래 소리를 질러 의식이 붙어 있는 몇몇이라도 깨운다고 하세. 그러면 이 불행한 몇몇에게 가망 없는 임종의 고통을 주는 게 되는데, 자넨 그들에게 미안하지 않겠나?"

"그래도 기왕 몇몇이라도 깨어났다면 쇠로 된 방을 부술 희망이 절대 없다고 할 수야 없겠지."

그렇다. 비록 내 나름의 확신은 있었지만, 희망에 대해서 말하자면 그것을 말살시킬 수는 없었다. 희망은 미래에 속하는 것이기에, 반드시 없다는 내 확신으로 있을 수 있다는 그의 주장을 꺾을 수 없었기 때문이다.

'사방이 꽉 막힌 쇠로 만든 방으로 비유할 수 있는 절망적 현실에서 어떻게 희망을 찾을 것인가?'라는 루쉰의 질문에 친구는 '희망이 절대 없다고 단정할 수는 없다.'라고 반박한다. 미래에 대해서는 그 누구도 확신할 수 없기에 친구의 답은 우문현답이라고 말할 수 있다. 물론 당시 중국의 현실이 절망적이고 비참하기는 했지만, 정말 아무런 희망이 없다고 확신할 수는 없었기 때문이다. 그러면 왜 '나'는 현실에서 아무런 희망을 발견할 수 없다고 느꼈을까? 그것은 아마도 '나' 자신에게서 그 이유를 찾을 수 있을 것 같다.

> 희망이라는 것에 생각이 미치자 나는 갑자기 두려워졌다. 룬투가 향로와 촛대를 달라고 했을 때 나는 속으로 비웃었다. 그가 아직도 우상을 숭배하면서 한시도 잊지 못하고 있다고. 그러나 지금 내가 말하는 희망이라는 것도 나 자신이 만들어낸 우상이 아닐까? 그의 소망은 현실에 아주 가까운 것이고, 내 소망은 막연하고 아득하다는 것일 뿐.

자신이 선각자라는 우월감에 사로잡혀 새로운 세상에 대한 추상적이고 막연한 희망만을 꿈꾸었던 '나'는 냉혹한 현실에서 살아남기 위해 발버둥 치는 룬투의 삶을 너무 가벼운 것으로 판단한 듯하다. 자신의 희망만을 우상처럼 숭배하면서 다른 사람의 소망에는 가치가 없다는 편견 또한 품었다. 그렇기에 자신의 희망을 아무도 이해해 주지 못한다는 단절감에 쉽게 사로잡히게 된 것이다. 하지만 생각을 거듭한 끝에 룬투와 같은 사람들이 가지고 있는 삶에 대한 열망과 의지 또한 소중한 가치가 있으며, 이들의 열정 또한 새로운 세상을 만드는 원동력이 될 수 있음을 깨닫게 된다. 이렇게 '나'는 자신의 삶만이 가치 있다는 독선의 늪에서 빠져나온다.

또한 루쉰이 아이들, 즉 새로운 세대에게 희망을 걸고 있다는 것은 잘 알려진 사실이다. 훙얼과 수이성이 행복한 삶을 누릴 수 있도록 지금의 세대가 무엇을 해야 할지에 대해 루쉰은 〈우리는 지금 어떻게 아버지 노릇을 할 것인가〉 같은 잡문을 통해 명확하게 밝히고 있다. 이 글에서 루쉰은 생물계의 현상에 근거하여 생명을 보존하고 계속 이어가며 발전시키기 위해서는 과거의 봉건적 윤리를 반드시 폐기해야 한다고 주장한다. 봉건 윤리는 미래를 중심에 두지 않고 도리어 과거에 치중하고 있어서 사회가 퇴행할 수밖에 없다고 보는 것이다. 그래서 루쉰은 낳고 길러준 은혜에 대한 보답을 아이들에게 강요하지 말고, 자신을 희생하면서 아이들이 발전의 긴 여정에 나설 수 있는 조건 없는 사랑을 베풀어야 한다고 주장한다.

이러한 고민 끝에 '나'는 아이들 모두가 행복해질 수 있는 미래의 '고향'을 꿈꾸면서 '희망'에 대한 정의를 새롭게 내린다. 이 부분은 소설의 마지막 부분으로서 루쉰의 소설을 이야기할 때 많이 언급되는 인상적인 구절이다.

> 나는 생각했다. 희망이란 본래 있다고도 할 수 없고, 없다고도 할 수 없는 거였다. 그것은 마치 땅 위의 길과 같다. 본래 땅 위엔 길이 없다. 다니는 사람이 많아지면 그것이 곧 길이 되는 것이다.

3. 〈고향〉 엮어 읽기 — 이문구, 《관촌수필》

이문구의 《관촌수필》은 1977년에 발표된 연작소설집이다. 이 소설집에는 작가가 어린 시절을 보낸 '갈머리마을(관촌)'의 이야기가 정겨운 충청도 사투리와 함께 고스란히 담겨 있다. 특히 과거의 아련하고 행복했던 추억들과 그 이후 이들이 겪을 수밖에 없었던 삶의 풍파를 따뜻하면서도 애잔한 심정으로 서술하고 있다. 작가의 개인적인 삶과 밀접하게 연관되어 있는 이 소설집에는 한국전쟁과 근대화라는 역사적 흐름 속에서 작가의 가족과 마을 사람들이 겪어야 했던 비극적 현실 또한 절실하게 드러난다.

이 소설집에서 루쉰의 〈고향〉과 비교해 볼 만한 첫 번째 작품은 〈녹수청산(綠水靑山)〉이다. 〈고향〉에서 어린 시절 '나'에게 행복한 기억을 만들어준 룬투가 있었다면, 〈녹수청산〉에는 '대복이'가 있다. 〈녹수청산〉의 '나' 또한 그 동네에서 가장 지체 높은 집안의 아들로서 도련님 대접을 받았다. 반면 대복이는 찢어지게 가난한 집의 아들이라 신분의 차이가 있었다. 그런 대복이는 힘도 세고 손재주도 좋아서 골목대장처럼 동네를 누비고 다니며 '나'에게 어린 시절의 행복한 경험들을 만들어주었다.

인물 설정은 비슷하지만 〈고향〉과 〈녹수청산〉은 조금 다르게 흘러간다. 〈녹수청산〉은 세월이 흘러가면서 대복이가 어떤 삶을 살게 되는지를 찬찬히 따라간다. 마을에서 아무도 건드리지 못하는 천둥벌거숭이처럼 살아가던 대복이는 한국전쟁이라는 비극적인 현실을 맞닥뜨리게 된다. 극심한 이념의 대립으로 아무도 믿을 수 없는 지옥 같은 혼란 속에서 대복이가 어떤 놀라운 결정을 하게 되는지 지켜보면 눈시울이 시큰거린다.

〈녹수청산〉과 함께 《관촌수필》에서 추천하고 싶은 소설이 한 편 더 있다. 〈공산토월(空山吐月)〉이라는 작품인데, 이 작품에는 작가의 비극적인 가족사가 인상적으로 담겨 있다. 작가 이문구는 아버지가 좌익 활동에 연루되었다는 이유로 한국전쟁 중에 열 살밖에 안 된 자신을 제외한 집안의 모든 남자들이 끔찍한 죽음을 맞는 경험을 하게 된다. 그 이후 작가는 빨갱이로 몰려 개죽음을 당할지도 모른다는 공포 속에서 살아간다. '빨갱이 가족'이라고 낙인이 찍힌 이 가족의 슬픈 역사 속에서 끝까지 신의를 지켰던 '석공'이라는 인물에 대한 이야기가 〈공산토월〉의 중심 내용이다.

한산 이씨 집성촌이었던 갈머리마을에서 유일하게 '신씨'였던 석공네 집안은 마을에서 제대로 대접을 받지 못하는 처지였다. 그렇게 무시당하면서 살았던 신씨 집안의 아들 신현석은 석공으로서 성실한 태도와 듬직한 인성으로 사람들에게 신뢰를 받았다. 그런데 이 석공이 결혼하는 날, 마을의 가장 큰 어른으로 마을 사람들의 존경을 받던 '나'의 아버지가 뒤풀이에서 거나하게 술을 마시고 노래도 부르면서 축하의 마음을 전달한다. 아버지의 보기 드문 행동은 신씨네 집안을 마을의 구성원으로 받아들이겠다는 일종의

축하 의식이라고 볼 수 있다. 그래서 석공은 '나'의 아버지에 대한 감사함을 평생 마음 깊이 새기게 된다.

그 이후에 한국전쟁과 이념 대립으로 인해 '나'의 집안은 다른 사람들로부터 배척당하게 되었고, 그 와중에 석공 또한 공산당에 부역했다는 이유로 감옥에 가게 된다. 석공은 고초를 겪고 나서도 '나'의 집안에 인간적인 도리를 다한다. 성실하고 믿음직스럽던 석공은, 좀 살 만해졌다 싶을 때 큰 병에 걸리게 된다. 석공의 가족들은 힘든 시간을 보내고, 평생 석공에게 돌봄을 받았던 '나'는 뭔가 석공에게 도움이 되고자 노력하지만 특별한 치료법을 찾지는 못한다. 이 소설의 마지막 또한 죽음을 앞둔 석공의 말과 행동이 독자들에게 큰 감동을 준다.

그렇다면 〈공산토월〉과 〈고향〉은 어떤 점에서 비교해 볼 만할까? 이 두 소설은 모두 지식인 화자가 자신과 다른 처지의 고향 사람을 이해하는 과정이 드러나 있다. 〈고향〉의 마지막 부분에서 '나'가 룬투의 삶을 새롭게 이해하게 되면서, 룬투의 삶 또한 가치 있는 삶일 수 있겠다는 깨달음을 얻는다. 다시 말해서, 지식인인 '나'가 무시했던 가난하고 핍박받던 이들의 긍정적인 면모를 인정하게 된 것이다.

그런데 〈고향〉에서는 룬투의 삶에 대한 이해가 비교적 짧고 막연하게 표현되어 있어서 사실상 룬투의 긍정적인 면모가 두드러지지는 않는다. '고통스러운 현실을 힘겹게 견뎌온 룬투의 삶 또한 나름대로 가치가 있다.' 정도로 이해할 수 있다. 하지만 〈공산토월〉은 조금 다르다. 이 작품에 묘사된 석공의 삶을 꼼꼼히 들여다보면 루쉰이 말하고자 했던 핍박받던 민초들의 긍정적인 면모가 고스란히 담겨 있음을 알 수 있다. 이는 앞서 언급한 〈녹수청산〉의 대복이도 마찬가지다.

물론 오늘날의 관점에서 보았을 때 대복이나 석공의 행동은 의리, 도리, 염치 같은 케케묵은 가치에서 나온 것이라고 애써 폄하할 수도 있다. 하지만 배운 것도 없고 가진 것도 없는 이들에게도 타인에 대한 배려와 보살핌을 소중히 여기는 태도가 엄연히 존재한다. 그렇기에 '공산토월(빈산이 달을 토해낸다)'이라는 제목에서 알 수 있듯이, 이 사회의 가장 억압받는 곳에서 가장 건강하게 살아가고 있는 이들의 삶이 우리에게 큰 울림을 줄 수 있는 것이다.

세계문학을 읽다 3

루쉰을 읽다

1판 1쇄 발행일 2022년 12월 12일

지은이 김지운

발행인 김학원
발행처 (주)휴머니스트출판그룹
출판등록 제313-2007-000007호(2007년 1월 5일)
주소 (03991) 서울시 마포구 동교로23길 76(연남동)
전화 02-335-4422 **팩스** 02-334-3427
저자·독자 서비스 humanist@humanistbooks.com
홈페이지 www.humanistbooks.com
유튜브 youtube.com/user/humanistma **포스트** post.naver.com/hmcv
페이스북 facebook.com/hmcv2001 **인스타그램** @humanist_insta

편집책임 문성환 **편집** 윤무재 **디자인** 이수빈
용지 화인페이퍼 **인쇄** 청아디앤피 **제본** 민성사

ISBN 979-11-6080-941-1 44800
979-11-6080-836-0 (세트)